Dieses Buch gehört:

Foto: © cbj, München

Enid Blyton, 1897 in London geboren, begann im Alter von 14 Jahren, Gedichte zu schreiben. Bis zu ihrem Tod im Jahre 1968 verfasste sie über 700 Bücher und mehr als 10 000 Kurzgeschichten. Bis heute gehört Enid Blyton zu den meistgelesenen Kinderbuchautoren der Welt. Ihre Bücher wurden in über 40 Sprachen übersetzt.

Von Enid Blyton ist bei cbj
folgende Serie erschienen:

»Fünf Freunde« (50 Bände)

Enid Blyton™

Fünf Freunde

und das Teufelsmoor

Illustriert von
Silvia Christoph

cbj

cbj ist der Kinder- und Jugendbuchverlag
in der Verlagsgruppe Random House

FSC
Mix
Produktgruppe aus vorbildlich
bewirtschafteten Wäldern und
anderen kontrollierten Herkünften

Zert.-Nr. SGS-COC-1940
www.fsc.org
© 1996 Forest Stewardship Council

Verlagsgruppe Random House FSC-DEU-0100
Das für dieses Buch verwendete FSC-zertifizierte Papier *Munken Premium*
liefert Arctic Paper Munkedals AB, Schweden.

Gesetzt nach den Regeln der Rechtschreibreform

1. Auflage 2007

Ein neues Abenteuer der von Enid Blyton
erfundenen Figuren
»Fünf Freunde«
Diese Geschichte wurde von Sarah Bosse geschrieben.

Lektorat: Andreas Rode
Umschlagbild und Innenillustrationen: Silvia Christoph
Umschlaggestaltung: Atelier Langenfass, Ismaning
MP · Herstellung: WM
Satz: Uhl + Massopust, Aalen
Druck: GGP Media GmbH, Pößneck
ISBN 978-3-570-13170-1
Printed in Germany

www.cbj-verlag.de

In der Moorklause

Anne lief nervös vor dem Fenster auf und ab. »Das darf doch wohl nicht wahr sein!«, schimpfte sie und warf einen zornigen Blick auf ihre Armbanduhr, als ob diese etwas dafür könnte, dass es schon so spät war.

»Mensch, Anne, du machst mich noch ganz verrückt mit deiner Rennerei – und Tim ebenfalls!«, rief Georg schmunzelnd. Sie wunderte sich über die Ungeduld ihrer Cousine, die, ganz im Gegensatz zu ihr selbst, sonst nicht zu Wutausbrüchen neigte. »Es wird schon einen Grund haben, warum der Fahrer noch nicht da ist.«

Anne stieß die Luft aus den Backen und zeigte nach draußen. »Gegen Mittag wollte er da sein, direkt nach Unterrichtsende. Und nun wird es schon dunkel. Meine liebe Georg, weißt du, was das bedeutet?«

Georg verschränkte die Arme vor der Brust. »Na, was schon?«

Anne hob die Hände in die Höhe. »Dass uns ein Ferientag verloren geht! Wir hätten daheim heute schon so viel unternehmen können. Stattdessen hocken wir hier herum und warten auf den Fahrer. Und wir können nicht mal ein paar Schritte von hier fort, weil wir ihn sonst vielleicht verpassen.«

Georg, die eigentlich Georgina hieß, zuckte die Schultern und warf einen Blick auf den Vorplatz des Internats, das ihre Cousine Anne und sie gemeinsam besuchten. Von dem Auto, das sie zum Haus von Annes Eltern bringen sollte, war weit und breit nichts zu sehen. »Nun kann es ja nicht mehr lange dauern. Dein Vater hat doch gesagt, dass es jemand aus seiner Firma ist, der uns abholen soll. Vielleicht hat er sich verfahren.«

Anne seufzte. »Wäre Vater doch selbst gefahren. Der kennt den Weg in- und auswendig.«

»Schon«, erwiderte Georg. »Aber du hast doch gehört, dass er keine Zeit hat. Nun sei nicht ungerecht. So etwas nennt man höhere Gewalt. Du wirst sehen, jeden Moment kommt das Auto die Einfahrt herunter und deine Brüder sitzen im Fond.«

Und so kam es auch. Kaum hatte Georg den Satz beendet, da bog ein großer schwarzer Wagen in die Einfahrt ein. Als er näher kam, sahen die Mädchen Richard und Julius winken.

»Siehst du? Alles wird gut.« Georg grinste und griff nach ihrer Reisetasche.

Im Hinauslaufen verabschiedeten Anne und Georg sich von einigen Mitschülerinnen, die aus den unterschiedlichsten Gründen noch ein paar Tage im Internat bleiben würden, bevor auch sie in die Ferien oder nach Hause fuhren. Die Mädchen strubbelten Tim über den Kopf. »Auf Wiedersehen, Tim. Sei schön brav und komm gesund wieder!«, sagte Conny aus Annes Klasse.

Georg verdrehte die Augen und kicherte. »Ach, Anne, wenn unseren Klassenkameradinnen doch nur halb so viel an uns liegen würde wie an Tim, dann wäre ich schon froh!«

Conny boxte Georg lachend gegen die Schulter. »Dann solltest du mal lernen, Pfötchen zu geben und Männchen zu machen.«

Richard und Julius besuchten ein anderes, nicht allzu weit entferntes Internat. Auch für sie war es heute der letzte Schultag gewesen. Sie sprangen aus dem Auto und nahmen den Mädchen die Reisetaschen ab, um sie im Kofferraum zu verstauen.

Der Fahrer, ein schmaler, dunkelhaariger Mann, wischte sich verlegen die Hand an seiner Cordhose ab, bevor er sie den Mädchen reichte. »Ich bin David. Tut mir furchtbar leid, die Damen. Erst hat der Wagen ein paar Probleme gemacht, sodass ich mehrmals anhalten musste, und dann habe ich mich auch noch verfahren. Gut, dass ich auf dem letzten Stück die beiden Jungen mit im Auto hatte. Die kennen den Weg ja im Schlaf.«

»Hallo«, sagte Georg. »Ich bin übrigens Georg und das ist mein Hund Tim.«

Der Mann grinste. »Das habe ich schon gehört, dass du einen Jungennamen hast.«

Anne reichte dem Fahrer erst, nachdem Georg ihr einen sanften Stoß in die Seite gegeben hatte, missmutig die Hand. »Haben Sie unseren Vater denn nicht nach dem Weg gefragt?«, fragte sie, anstatt zu grüßen. Sie war immer noch wütend über den verlorenen Ferientag.

»Nun sei kein Frosch, Anne«, sagte Julius. »Nimm die Entschuldigung an und steig ein. Wir wollen ja nicht noch mehr Zeit verlieren.«

Anne nickte und verschwand im Fond des Wagens. Sie teilte sich die Rückbank mit Richard, Georg und Tim, während Julius auf dem Beifahrersitz Platz nahm.

Richard machte eine Handbewegung, als habe er sich die Finger verbrannt. »Mit dir ist wohl heute nicht gut Kirschen essen, wie?«

Georg warf ihm einen vielsagenden Blick zu, um ihm zu verstehen zu geben, dass er seine Schwester besser nicht noch mehr neckte.

Endlich waren sie unterwegs. Zügig fuhr der Wagen über die Landstraßen dahin. Während die Kinder sich eifrig erzählten, was sie in den vergangenen Wochen erlebt hatten, senkte sich draußen langsam die Dämmerung über Wiesen und Felder.

Nur Anne hatte sich an Tim gekuschelt und beteiligte sich nicht an dem Gespräch. Sie hatte sich entschieden, für den Rest des Tages schlechte Laune zu haben. Außerdem machte das monotone Surren des Motors sie so müde, dass ihr bald die Augen zufielen. Sie fiel in einen unruhigen Halbschlaf, in dem sie entfernt die Stimmen ihrer Brüder und Georgs wahrnahm. Dennoch driftete sie immer wieder in einen Traum ab, in dem das schwarze Auto über allerlei Irrwege fuhr. Am Steuer saß Annes Lehrerin Frau Förster und schimpfte. Sie wollte, dass Anne endlich nach Hause fuhr.

Plötzlich unterbrach ein heftiges Ruckeln das bisher gleichmäßige Brummen des Motors. Jäh wurde Anne aus ihrem Dämmerzustand gerissen.

»Auch das noch!«, hörte sie Richard fluchen.

Anne rieb sich verschlafen die Augen. »Was ist denn los?«

Georg, die direkt neben ihr saß, zuckte die Schultern. »Ich weiß nicht. Irgendwas stimmt wohl nicht mit dem Auto.«

Sofort erinnerte sich Anne, dass David erwähnt hatte, er habe auf dem Hinweg einige Probleme mit dem Motor gehabt. »Das kriegt David doch wohl wieder hin?« Annes Frage klang eher wie eine Feststellung.

David hatte den Wagen an den Rand der einsamen Landstraße manövriert und war bereits ausgestiegen.

Auch Richard, der viel von Technik verstand, öffnete die Tür und stieg aus dem Auto. »Kann ich vielleicht helfen?«

»Hast du eine Taschenlampe?«, fragte der Fahrer. »Es ist inzwischen schon so dunkel geworden, dass ich gar nichts mehr sehen kann.«

Georg reichte ihrem Cousin ihre Taschenlampe, die sie griffbereit im Rucksack bei sich hatte.

Schon steckten David und Richard die Köpfe über dem offenen Motorraum zusammen. Die Motorhaube ragte schwarz in den Abendhimmel, als hätte das Auto das Maul weit aufgerissen.

Ungeduldig trommelte Anne auf ihre Knie. »Das darf doch wohl nicht wahr sein! Ich will endlich nach Hause. Mutter und Vater machen sich sicher schon Sorgen.«

Schließlich sah sie, wie David sich die Hände an einem Lappen abwischte und sich kopfschüttelnd wieder hinter das Lenkrad setzte. »Tut mir leid, so auf Anhieb konnten wir nicht feststellen, warum der Motor streikt. Es muss wohl am Vergaser liegen.«

Richard war vor dem Auto stehen geblieben, während der Fahrer den Schlüssel im Zündschloss drehte und versuchte, den Motor erneut zu starten. Es ratterte und zischte, doch der Motor wollte nicht anspringen.

David machte ein besorgtes Gesicht. Auf keinen Fall wollte er mit den Kindern an dieser einsamen Stelle stranden.

Schließlich, beim vierten oder fünften Versuch, klappte es. Der Motor machte zwar ein seltsames Geräusch, aber er lief!

»Los, Richard!«, rief David. »Schnell rein mit dir. Fahren wir los, ehe er wieder den Geist aufgibt.«

Mit einem Satz war Richard auf der Rückbank und der Wagen fuhr stotternd los.

Niemand sagte etwas. Alle schienen den Atem anzuhalten, als würde der Motor dann weniger Probleme machen.

David, der die Hände um das Lenkrad krampfte und sich kaum traute, ordentlich Gas zu geben, sagte schließlich: »Bis zu euch schaffen wir das auf keinen Fall. Der Motor kann jeden Moment komplett verrecken. Hoffen wir, dass wir noch bis in den nächsten Ort kommen.«

Julius drehte sich um und blickte Richard und Georg wortlos an. Sie kannten die Strecke schließlich gut und wussten, dass es noch weit war bis zum nächsten Ort. Und, was noch schlimmer war: Die Landstraße bis dorthin führte durch ein großes Moorgebiet. Doch sie verloren kein Wort darüber, um Anne nicht zu beunruhigen.

Anne hatte die Blicke der anderen nicht bemerkt. »Genau«, sagte sie. »Wir rufen Vater vom nächsten Ort aus an. Er ist sicher inzwischen zu Hause und wird uns abholen. Das hätte er im Übrigen gleich tun sollen. So sind wir auch nicht eher zu Hause.«

Doch die Hoffnung, den nächsten Ort zu erreichen, wurde nicht erfüllt. Mitten im Moorgebiet reagierte der Motor kaum noch, egal wie stark David auf das Gaspedal trat. Das voll besetzte Auto kroch nur noch im Schneckentempo dahin.

»Da!«, rief Julius plötzlich. »War da nicht ein Schild, das in den Waldweg zeigt?«

David schürzte die Lippen. »Ich habe nichts gesehen. Ich traue mich kaum, anzuhalten und den Rückwärtsgang einzulegen. Wer weiß, was dann passiert.«

»Aber ich bin mir ziemlich sicher«, erwiderte Julius. »Vielleicht ist ganz in der Nähe ein Gasthaus.«

»Ja, wir sollten es riskieren«, sagte Georg.

Seufzend stoppte David den Wagen. Es knirschte, als er den Rückwärtsgang einlegte. Dann ruckelte das Auto unsanft rückwärts.

»Ich wusste es doch!«, rief Julius, als im Scheinwerferlicht das Schild auftauchte. Etwas versteckt hinter lichten Zweigen wies eine vergilbte Reklametafel auf einen Gasthof namens *Moorklause* hin.

»Hoffentlich ist es nicht so weit«, sagte David, als er in den Waldweg einbog.

»Haben Sie nicht gesehen?«, fragte Richard. »Zwei Kilometer stand drunter. Falls der Wagen stehen bleibt, können wir das im Notfall locker zu Fuß schaffen.« Dass er wenig Lust verspürte, in der Dunkelheit einen holprigen und matschigen Waldweg entlangzugehen, verschwieg er natürlich. Er wollte Anne, die immer verzweifelter und missmutiger zu werden schien, nicht verunsichern.

Und der Weg war in der Tat holprig. Man hatte offenbar versucht, dem morastigen Boden durch große Steine mehr Halt zu geben. Doch der Boden dazwischen war im Laufe der Zeit dermaßen eingedrückt worden, dass riesige Löcher entstanden waren. Die Freunde wurden im Wagen ordentlich durchgeschüttelt und Tim hüpfte unruhig von einem Schoß zum anderen.

Plötzlich blieb der Wagen unvermittelt stehen, als hätte der Motor sein Leben endgültig ausgehaucht.

»Oh, verflucht! Hoffentlich ist es nicht mehr so weit«, jammerte Anne.

»Keine Sorge, ich sehe dort drüben Licht durch die Bäume schimmern«, erwiderte Julius, fröhlicher, als ihm zumute war. »Das ist bestimmt der Gasthof. Komm, Anne, mach nicht solch ein Gesicht. Wir brauchen doch nicht mal das Gepäck zu schleppen. Wenn Vater gleich kommt, laden wir es kurzerhand um.«

Georg lief mit der Taschenlampe vorweg und machte die anderen auf die schlimmsten Unebenheiten im Boden aufmerksam. Dennoch wäre Richard beinahe auf dem matschigen Untergrund ausgerutscht. »Mist!«, fluchte er. »Das bedeutet Schuhe putzen. Darauf habe ich ja so *richtig* Lust.«

Ein Nachtvogel schwebte dicht über ihre Köpfe hinweg und schickte seinen Klageruf durch den Wald.

»Na, hoffentlich war das als freundliche Begrüßung gedacht«, feixte Georg, die mittlerweile spürte, wie ihr der feuchte Dunst um die Fesseln kroch.

Schließlich hatten sie den Gasthof erreicht.

Das Licht, das Julius erspäht hatte, stammte von einer verstaubten Außenleuchte, die ein Schild über der Tür beleuchtete.

»Moorklause«, las Richard vor. »Seht ihr, da sind wir schon. Sieht doch ganz gemütlich aus.«

Georg schirmte die Augen mit den Händen ab und versuchte, durch ein Fenster etwas zu sehen. »Tja, nur dass niemand da zu sein scheint.«

Richard drückte die Türklinke. »Zu.«

Anne kämpfte mittlerweile mit den Tränen und stampfte mit dem Fuß auf. »Haben sich denn alle gegen uns verschworen?«

Julius legte ihr den Arm um die Schultern. »Na, na, kleine Schwester. Bloß nicht verzweifeln. Es wird sich alles regeln.«

»Aber mir wird langsam kalt!«, protestierte Anne, während Richard an der Tür rüttelte. »Es ist so feucht und dunstig hier.« Sie hauchte einmal in die kühle Luft, sodass sich eine Wolke vor ihrem Mund bildete. »Ich habe überhaupt keine Lust, noch länger hierzubleiben.«

Jetzt wurde Richard ungehalten. »Dann schlag du doch vor, wie wir hier wegkommen sollen.«

In diesem Moment rief Georg. »He, da tut sich was! Es ist doch jemand da.«

Kurz darauf wurde drinnen Licht gemacht und der Schlüssel drehte sich im Schloss.

Ein Mann mit einem freundlichen Gesicht und Schnauzbart steckte seinen Kopf zur Tür heraus. Er trug ein kariertes Hemd und Cordhosen. »Nanu, späte Gäste? Eigentlich haben wir heute unseren Ruhetag.« Er wies auf ein kleines Pappschild im Fenster. »Oh, Verzeihung, das kann man bei der Dunkelheit natürlich nicht sehen. Ich sollte doch mehr Licht anmachen.«

Oder einfach die Lampe putzen, dachte Georg.

David erklärte dem Mann, was geschehen war, und bat ihn, eintreten zu dürfen. »Vielleicht könnten wir eben Ihr Telefon benutzen, um den Vater der Kinder anzurufen. Er kann uns sicher abholen. Und morgen würde ich dann mit einem Mechaniker kommen, um das Auto wieder flottzumachen.«

Der Wirt nickte. »Sicher, sicher, kommen Sie nur herein. Draußen ist es inzwischen ungemütlich feucht geworden. Am besten, ihr macht es euch im Schankraum bequem, Kinder, und ich bereite euch einen leckeren Kakao zu.«

Julius nickte höflich. »Das ist sehr nett von Ihnen. Wo steht denn bitte das Telefon?«

Der Wirt winkte und Julius folgte ihm in den Flur. Das Telefon war ein ziemlich altmodisches Modell. Nachdem Julius gewählt hatte, knirschte es in der Leitung.

Schließlich war seine Mutter am Apparat. »Julius, um Himmels willen, wo steckt ihr denn? Ich mache mir Sorgen!«

»Es geht uns gut, Mutter«, gelang es Julius zu sagen, bevor das laute Knirschen ihn den Hörer ein Stück vom Ohr nehmen ließ. »Mutter, kannst du mich verstehen? Es ist so eine schlechte Verbindung!«

»Ja«, antwortete die Mutter. »Aber nicht gut.«

Julius fasste sich mit seinem Bericht kurz. »Wir sind hier in einem Gasthof abseits der Hauptstraße. Kann Vater uns bitte abholen?«, fragte er dann.

»Oje, was machen wir denn da?«, hörte Julius die besorgte Stimme seiner Mutter, die in dem Rauschen und Knistern fast unterging. »Vater musste überraschend über Nacht fortbleiben, weil eine Konferenz ...«

Den Rest konnte Julius nicht mehr verstehen. »Mutter, ich verstehe dich kaum«, sagte er jetzt lauter. »Vater ist nicht da, sagst du?«

»Ja. Wenn der Gasthof Fremdenzimmer hat

und ihr dort sicher seid, dann bleibt bitte über Nacht dort«, erwiderte die Mutter. »Vater wird euch morgen holen und die Rechnung begleichen. Wie, sagtest du, heißt der Gasthof? Und wo liegt er?«

Das Letzte konnte Julius nur mit allergrößter Mühe verstehen, und als er seiner Mutter den Namen des Gasthofes mitteilen wollte, war die Leitung erfüllt von lautem Rauschen.

»Mutter?«, rief Julius. »Mutter, hörst du mich?« Aber vergebens. Er konnte seiner Mutter nicht mehr mitteilen, wo sie sich befanden. Seufzend kehrte er in die gemütliche Schankstube zurück, wo der Wirt eben Tim eine Schüssel mit Wasser hinstellte und den Kindern ihren Kakao servierte. Auch David nahm eine Tasse.

Kurz berichtete Julius von seinem mehr oder weniger erfolgreichen Gespräch.

Der Wirt wischte sich die Hände an seinen Cordhosen ab. »Oh, das tut mir aber leid, dass das Telefon ausgerechnet heute Abend wieder streikt. Ich habe mich bei der Telefongesellschaft schon mehrmals beschwert, aber sie haben immer noch keinen Techniker geschickt. Manchmal funktioniert es einwandfrei, aber manchmal …«

Anne fiel dem Wirt ins Wort. »Heißt das etwa, wir müssen über Nacht hierbleiben?«

Julius zuckte mit den Schultern. »Sieht ganz so aus.«

»Aber …«, wollte Anne schon protestieren, doch der Wirt unterbrach sie.

»Aber, aber, junge Dame. Ich hätte da ein ganz reizendes Zimmer, das dir sicher gefallen wird. Und heute Abend könnte ich noch einen leckeren Eintopf servieren mit knusprigem Brot, das meine Frau selbst gebacken hat. Sie ist leider heute zu ihrer kranken Mutter gefahren.«

»Ja«, sagte Georg mit Nachdruck. »Ich finde auch, dass das alles so schlimm nicht ist. Hauptsache, eure Mutter weiß, dass wir wohlauf sind. Kommt, holen wir unser Gepäck und richten uns häuslich ein. Mir gefällt es hier.«

Zum Glück besaß der Wirt einen Handwagen, mit dem sie die Reisetaschen bequem vom Auto zum Haus transportieren konnten. Bei dem holprigen Weg mussten sie nur darauf achten, dass ihnen die Taschen nicht aus dem Karren hüpften. Der Wirt begleitete Richard, Julius und David und lief mit einem kleinen Handscheinwerfer vorweg.

Die Mädchen waren im Gasthof geblieben und

nahmen ihr Zimmer in Augenschein. Georg ließ sich auf ihr Bett fallen, das mit geblümter Bettwäsche bezogen war. »Urgemütlich!«, rief sie begeistert. »Findest du nicht auch? Und Herr Kruse, der Wirt, ist doch auch total freundlich.«

Anne ließ sich seufzend auf die Bettkante nieder. »Schon. Ja, wirklich ganz nett hier.« Dann stand sie wieder auf und schaute aus dem Fenster. »Aber irgendwie auch unheimlich.«

Georg löschte das Licht, damit sie besser in die Dunkelheit hinausgucken konnten. »Ich finde es

total gemütlich, wenn draußen die Nebelschwaden über das Moor ziehen und wir hier drinnen im Warmen und Trockenen sitzen. Gleich gibt es noch etwas Leckeres zu essen … Was will man mehr?«

»Trotzdem«, erwiderte Anne. »Mir gefällt der Gedanke nicht, dass Mutter nicht weiß, wo genau wir sind.«

Georg winkte ab. »Papperlapapp. Du wirst schon sehen. Morgen funktioniert das Telefon gewiss wieder. Wir rufen eure Eltern an und alles wird gut. Oh, ich glaube, da sind die anderen schon zurück. Komm, gehen wir runter!«

Im nächsten Augenblick waren Georg und Tim zur Tür hinausgestürmt. Anne blieb jedoch noch einen Moment vor dem Fenster stehen und hing ihren Gedanken nach. Sie wusste nicht, warum, aber sie hatte das Gefühl, dass ihnen ihr nächstes Abenteuer bevorstand.

Verdammter Nebel!

Am nächsten Morgen reckte und streckte Georg sich in ihrem Bett. Sie fühlte sich herrlich ausgeschlafen und roch von unten bereits den verführerischen Duft nach frisch gebratenen Eiern und Speck.

»Na, du bist ja auch schon wach!«, rief sie, als sie Anne auf der Bettkante sitzen sah. »Hast du auch so gut geschlafen?«

Anne zuckte die Schultern. »Na ja, es geht eigentlich. Aber schau mal hinaus.«

Voller Elan sprang Georg aus dem Bett und war mit einem Satz am Fenster. »Ach, du liebes Lottchen! Die reinste Waschküche!«

»Der Nebel ist so dicht, dass du die Hand vor Augen nicht sehen kannst«, stellte Anne fest. »Hoffen wir, dass er sich bald auflöst.«

Georg verzog den Mund. »Immerhin befinden wir uns hier in einem Moorgebiet. Da kann es schon mal sein, dass sich der Nebel hartnäckig hält. Aber lass uns erst mal frühstücken. Es riecht so lecker.«

Wie zu erwarten war, saßen die beiden Jungen

bereits am reich gedeckten Frühstückstisch. Wenn es ums Essen ging, war Richard immer der Erste.

»Guten Morgen, die Damen«, begrüßte Herr Kruse die Mädchen fröhlich. »Setzt euch und lasst es euch schmecken. Möchtet ihr auch Orangensaft und Joghurt? Und du, Tim, kommst mit in die Küche. Dort habe ich für dich auch etwas Feines.«

Brav trottete der Hund hinter dem Wirt her. Er hatte jetzt auch Hunger!

Georg freute sich. Menschen, die von sich aus auch an Tim dachten, standen bei ihr hoch im Kurs. Da fiel ihr der Fahrer ein.

»Wo ist denn David?«, fragte sie und warf einen Blick auf die alte Pendeluhr, die in der Schankstube stand. Sie passte zu der gemütlichen Einrichtung aus Eichenholz und gab ein heimeliges Ticken von sich. »Schläft er etwa noch?«

»Sieht so aus«, antwortete Richard mit vollem Mund. »Jedenfalls habe ich ihn heute noch nicht gesehen.«

»Gönnen wir ihm seinen Schlaf«, meinte Julius grinsend. »Aber dass du ihn noch nicht gesehen hast, ist kein Wunder, Richard. Wenn du auf dem Weg zum Essen bist, hast du doch für nichts und niemanden einen Blick.«

Richard stieß seinem Bruder den Ellenbogen in die Rippen.

»Habt ihr denn wenigstens schon probiert, ob das Telefon wieder funktioniert?«, erkundigte sich Anne.

Aber auch das verneinten die Brüder und fingen sich damit einen tadelnden Blick ihrer Schwester ein.

»Heute ist es aber ganz besonders nebelig«, sagte Herr Kruse, als er den Mädchen frisch gebratene Eier mit Speck brachte, und legte die Stirn in Falten. »Hoffentlich fährt meine Frau vorsichtig, wenn sie heimkommt. Hier im Moor hält sich der Nebel manchmal tagelang. Das ist ein echter Nachteil an dieser sonst so reizvollen Gegend.«

Das Wort »reizvoll« fand Anne gänzlich unpassend. In ihren Augen war die Moorlandschaft wenig einladend, und wenn sie ehrlich war, dann jagte ihr das Moor sogar Angst ein. Wie viele Schauergeschichten hatte sie schon gehört von Schlammlöchern, die einen Menschen verschlangen wie der gierige Schlund eines Ungeheuers. Sie stützte sich mit beiden Händen auf die Armlehnen und erhob sich aus dem Stuhl. »Ich werde eben zu Hause anrufen und den Eltern sagen, wo genau wir sind. Je eher, desto besser. Ich denke, die Wegbeschreibung kriege ich hin. Die Strecke sind wir schließlich schon oft genug gefahren.«

»Willst du denn nicht wenigstens erst zu Ende frühstücken?«, protestierte Herr Kruse. »Die Eier werden doch kalt.«

Georg legte ihr beschwichtigend die Hand auf den Arm. »So viel Zeit muss sein.«

»Na gut«, sagte Anne und setzte die Mahlzeit seufzend fort.

Die Freunde ließen sich das Frühstück schmecken und plauderten dabei munter drauflos. Die Jungen berichteten, dass sie in der Nacht durch ein seltsames Heulen geweckt worden waren und daraufhin in dem Baum direkt vor ihrem Fenster eine Eule entdeckt hatten.

»So ein großes Tier war das!« Julius zeigte mit den Händen die Größe des Nachtvogels. »Wirklich, sehr beeindruckend. Wann kriegt man so eine Eule schon mal zu sehen außer im Zoo?«

»Wie schade, dass wir sie nicht auch gesehen haben«, rief Georg begeistert. Doch Anne war froh, nicht durch das Heulen geweckt worden zu sein. Sie hätte sich mächtig gegruselt und sicher nicht mehr schlafen können.

»Wir wollten euch wecken, um sie euch zu zeigen, aber da war sie schon weggeflogen«, beteuerte Julius.

Georg zuckte die Schultern. »Schicksal. Aber so ist das eben mit den wild lebenden Tieren. Scheu sind sie und unberechenbar.«

»Sagt mal«, mischte sich jetzt Anne sein. »Sollten wir nicht jetzt doch allmählich mal David wecken? Er verpasst das ganze Frühstück und nachher müssen wir auf ihn warten.«

Richard verdrehte die Augen. »Du und deine Ungeduld. Aber wenn du unbedingt willst, dann renn ich schnell rauf und wecke ihn.«

Anne faltete ihre Serviette zusammen und legte sie ordentlich neben ihren Teller. »Und ich werde jetzt endlich unsere Eltern anrufen, wenn ihr erlaubt.«

Doch als Anne den Hörer aus schwarzem Bakelit von der Telefongabel nahm, erlebte sie eine herbe Enttäuschung. Die Leitung war tot! Nicht einmal das Knistern und Rauschen, von dem Julius erzählt hatte, war zu hören.

Ungeduldig drückte Anne ein paarmal auf die Gabel, doch nichts tat sich, das Freizeichen wollte sich nicht einstellen.

»Mist!«, fluchte Anne und knallte den Hörer fester auf die Gabel, als sie wollte. Mit finstrer Miene kehrte sie zum Frühstückstisch zurück. »Jetzt funktioniert das blöde Telefon überhaupt nicht mehr. Kein Freizeichen. Null!«

»Was?«, fragte Herr Kruse, der gerade aus der Küche kam und sich die Hände an einem karierten Handtuch abtrocknete. »Nicht mal ein Freizeichen? Das ist aber jetzt etwas ganz Neues.«

Er legte das Tuch zur Seite und ging in den Flur, um das Telefon zu überprüfen.

Als er in den Schankraum zurückkam, legte er die Stirn in Falten. »Anne hat recht. Kein Freizeichen.«

»Vielleicht steckt der Stecker nicht richtig in der Buchse«, rief Julius und wollte schon vom Stuhl aufspringen. Aber der Wirt hielt ihn zurück.

»Das habe ich bereits kontrolliert. Daran liegt es sicher nicht. Ich kann mir da auch keinen Reim drauf machen. Das tut mir schrecklich leid. Ausgerechnet heute.«

»Das ist ja nicht so schlimm«, sagte Georg. »Sie haben doch sicher ein Auto, nicht wahr? Vielleicht wären Sie so lieb und fahren mit einem von uns in den nächsten Ort, damit wir von dort aus zu Hause anrufen können. Sie müssen doch sicher sowieso noch mit der Störungsstelle Kontakt aufnehmen.«

Herr Kruse legte die Stirn in Falten. »Ein Auto habe ich schon, aber das Problem ist, dass meine Frau damit unterwegs ist. Ich habe euch ja bereits erzählt, dass sie zu ihrer kranken Mutter gefahren ist. Oje, hoffentlich hat sie nicht in der Zwischenzeit probiert, hier anzurufen. Wir haben nämlich vereinbart, dass sie Bescheid gibt, falls es notwendig ist, dass sie länger bleibt.«

In diesem Moment erschien Richard in der Tür. »Tut mir leid, aber ich kann David nirgendwo finden. In seinem Zimmer ist er nicht und im Bad auch nicht.«

»Na, toll!«, rief Anne verärgert »Wahrscheinlich hat ihn der Nebel verschluckt!«

Georg lachte. »Anne, nun mal nicht den Teufel an die Wand. Bestimmt ist er schon in aller Frühe aufgestanden und zum Auto gegangen, um zu sehen, ob er es nicht doch selbst wieder flottbekommt.«

»Genau«, pflichtete Julius ihr bei. »Also los, sehen wir nach, wo er bleibt.«

»Vielleicht können wir ihm ja helfen«, meinte Richard.

»Also, ich bleibe lieber hier«, sagte Anne. »Ich würde ohnehin nur dumm danebenstehen. Ich kann besser Herrn Kruse beim Abräumen helfen.«

Tim freute sich, dass er hinausdurfte. Er sprang vor dem Gasthof umher und bellte den Nebel an, als könnte er ihn damit vertreiben. In der feuchten Luft klangen alle Stimmen und Geräusche sonderbar dumpf.

»Und bleibt schön auf dem Hauptweg«, mahnte Herr Kruse. »In Richtung Hauptstraße befinden sich zwar keine gefährlichen Sumpflöcher im Moor, aber wenn man sich bei diesem Nebel verirrt, ist das nicht ungefährlich.«

»Keine Sorge, Herr Kruse, wir bleiben auf dem Weg«, versprach Julius.

Anne sah Georg, Tim und den Brüdern nach. Es dauerte nicht lange, bis der Nebel die vier verschluckt hatte. Das war ein sonderbares Gefühl und Anne ging lieber wieder zurück ins Haus und machte sich an die Arbeit. Sie wollte nicht untätig herumstehen und womöglich noch ins Grübeln geraten.

Sie räumte den Frühstückstisch ab, während sich Herr Kruse in der Küche zu schaffen machte. Dann ließ sie sich einen Lappen geben und wischte den

Tisch sauber. Schließlich räumte sie das schmutzige Geschirr in die riesige Spülmaschine, die wie eine große Glucke in einer Ecke der Küche hockte.

»Manchmal haben wir größere Gesellschaften oder Gruppen von Ausflüglern hier«, erklärte Herr Kruse. »Da muss man schon so eine große Maschine haben. Stell dir mal vor, das müsste man alles mit der Hand spülen.«

Anne ließ sich von dem Wirt zeigen, wie die Maschine funktionierte, die bald darauf Wasserdampf ausstieß und nichts mehr von einer Glucke hatte, sondern eher an einen Drachen erinnerte.

Langsam wurde Anne ungeduldig. Warum kehrten die anderen nicht zurück? War etwas passiert? Hatten sie sich etwa doch verlaufen?

»Ich gehe hinauf und packe schon mal unsere Sachen zusammen«, erklärte sie schließlich. »So lange kann es ja nun nicht mehr dauern.«

»Ja, geh nur«, antwortete Herr Kruse. Er schien sich offenbar keine Sorgen zu machen.

Während Anne oben im Zimmer die Pyjamas, das Waschzeug und die Bücher, in denen sie am Abend noch gelesen hatten, in die Reisetaschen packte, schaute sie immer wieder aus dem Fenster. Doch von Georg, Tim, Richard und Julius war nichts zu sehen. Da war nur diese weiße Nebelwand, die wie Zuckerwatte zwischen den Bäumen hing.

Einen Moment überlegte Anne, ob sie sich selbst ebenfalls auf den Weg machen sollte, um zu sehen, wo die anderen blieben. Aber der Gedanke, allein durch den Nebel zu gehen, machte ihr Angst. Ohnehin blieb ihr die Entscheidung erspart, denn endlich spuckte der Nebel die anderen wieder aus. David jedoch war nicht bei ihnen und von dem Auto war auch nichts zu sehen.

Anne rannte hinunter. »Was ist los?«, rief sie den anderen entgegen. »Habt ihr David etwa nicht gefunden?«

»Nein!«, antwortete Georg mit besorgter Stimme. »Und das Auto steht noch genauso dort, wie wir es gestern hinterlassen haben.«

»Aber wo kann er nur sein?«, fragte Anne.

Georg zuckte die Schultern. »Tja, das wüsste ich auch gern.«

Wütend verschränkte Anne die Arme vor der Brust. »Ich sag's euch: Der hat uns einfach hier sitzen lassen!«

Julius packte Anne bei den Schultern und schob sie sanft in den Gasthof zurück. Die anderen folgten ihnen. »Das ist doch Unsinn, Anne«, sagte Julius. »Überleg doch mal. Warum sollte er das tun?«

»Genau«, pflichtete Georg ihm bei. »Wenn euer Vater erfahren würde, dass David uns im Stich gelassen hat, würde er ihm sicher sofort die Stelle kündigen.«

»Vielleicht ist ihm das egal«, konterte Anne. »Was weiß ich!«

»Na, na«, sagte plötzlich Herr Kruse, der eben dazugekommen war. »*Im Stich gelassen*, das klingt ja so, als wärt ihr hier bei mir nicht gut aufgehoben.«

»Entschuldigung, so wollte ich das natürlich nicht sagen«, antwortete Anne. »Aber so schnell kommen wir wohl nicht von hier fort.«

»Das ist das eine Problem«, sagte Richard. »Da ist aber noch etwas anderes, was uns Sorgen bereitet.«

Anne spürte, wie ihr das Blut in den Schläfen pochte. Also war doch etwas passiert!

»Richard und Julius haben das Auto eben noch einmal genau unter die Lupe genommen«, erklärte Georg. »Dabei haben sie eine Entdeckung gemacht.«

»Am Wagen ist herummanipuliert worden«, sagte Richard. »Gestern Abend habe ich das bei dem schlechten Licht nicht so richtig gesehen, aber eben war es gut zu erkennen. Eine Dichtung wurde angesägt. Es ist nur eine Frage der Zeit, wann das Teil ganz kaputtgeht.«

»Das klingt nicht gut«, stellte Herr Kruse fest. »Das klingt gar nicht gut.«

Georg seufzte. »Hoffentlich ist David nichts zugestoßen.«

»Dieser verdammte Nebel!«, jammerte Anne.

Die Suche

Herr Kruse saß mit einem Becher Kaffee in der Hand auf einem Stuhl und machte ein ratloses Gesicht. »Kinder, Kinder, das nenne ich aber eine Verkettung unglücklicher Umstände. Dass ausgerechnet jetzt dieser schreckliche Nebel herrscht und das Telefon streikt und nun auch noch meine Luise mit dem Auto fort ist. Tja, und dann dieser dumme Streich mit eurem Auto. Aber am seltsamsten finde ich, dass euer Chauffeur auf und davon ist. Sehr, sehr seltsam.«

Die Freunde warfen sich vielsagende Blicke zu. *Verkettung unglücklicher Umstände*, das war das Stichwort gewesen. Daran glaubten sie selbstverständlich nicht! Und dass jemand die Dichtung angesägt hatte, das war nun alles andere als ein *dummer Streich*. Aber vielleicht sagte Herr Kruse das so, weil er nicht wollte, dass sie sich allzu große Sorgen machten. Er kannte sie eben noch nicht richtig und wusste nicht, dass sie es schon mit den abenteuerlichsten Gaunereien zu tun gehabt hatten und sich nicht so leicht hinters Licht führen ließen.

Georg lief unruhig im Schankraum auf und ab.

»Eins ist sicher: Damit, dass wir hier jetzt untätig herumsitzen, ist niemandem geholfen. Wir können doch nicht einfach warten, bis jemand kommt.«

»Genau«, pflichtete Richard ihr bei und zwinkerte den anderen zu. »Das sähe uns auch nicht ähnlich.«

Anne seufzte. »Was soll das heißen? Was schlagt ihr vor?«

Georg blieb stehen und breitete die Arme aus. »Als Erstes sollten wir David suchen, was sonst?«

Anne riss die Augen auf. »Da draußen? Bei dem Nebel? Ohne mich.«

Julius lachte. »Nun komm schon, Anne. Der Nebel beißt doch nicht. Wir brauchen ja die Wege nicht zu verlassen.«

»Das solltet ihr auch auf keinen Fall tun«, sagte Herr Kruse mit Nachdruck. »Die Wege sind sicher und auch gut kenntlich gemacht. Schließlich kommen hier viele Leute zum Wandern her. Aber abseits der Pfade gibt es Schlammlöcher, die nicht ohne Gefahr sind.«

»Da seht ihr's!«, rief Anne. »Der Nebel ist dicht wie Erbsensuppe, wie sollen wir da sicher sein, dass wir nicht vom Pfad abkommen? Vielleicht ist David genau das passiert. Vielleicht wollte er nur ein bisschen an die frische Luft, und schwupp, schon hat er im Nebel die Orientierung verloren …«

»Genau deshalb wollen wir ihn ja suchen«, erwiderte Georg und fischte etwas aus der Hosentasche. Sie hielt Anne auf der flachen Hand ihren Kompass hin und grinste. »Außerdem können wir ja hiermit umgehen, ich meine, *falls* wir uns verlaufen.«

Wie um die Worte seines Frauchens zu unterstreichen, sprang Tim plötzlich auf und bellte.

»Und Tim findet den Weg sowieso wieder zurück!«, rief Richard lachend.

Anne hob beide Hände. »Schon gut. Überredet. Ich gehe und hole meine Strickjacke.« Im Hinausgehen blieb sie noch einmal stehen und drehte sich um. »Übrigens, wer sagt denn, dass David gefunden werden will? Vielleicht hat er ja selbst an dieser Dichtung herumgesägt.«

Georg blies die Backen auf. »Du weißt doch, Anne, rechnen muss man immer mit allem. Und außerdem finde ich, wenn es so ist, dann ist das ein guter Grund mehr, den lieben David zu finden und ihn zu fragen, was er sich dabei gedacht hat.«

Richard warf lachend den Kopf in den Nacken. »Vielleicht hofft er, auf diese Weise ein paar Tage Sonderurlaub zu bekommen!«

»Klar!«, rief Julius. »Wahrscheinlich hatte er seine Angelausrüstung mit im Auto und hockt nun irgendwo im Moor an einem kleinen See und genießt seine Zeit als Petrijünger.«

Der Wirt kramte hinter dem Schanktresen eine Wanderkarte hervor. »Einen See gibt es hier in der Tat«, erklärte er und faltete das Blatt auseinander. Mit der Handkante strich er es auf einem der Tische glatt und deutete dann mit dem Zeigefinger auf einen Punkt mitten auf der Karte. »Hier, seht ihr? Es ist eher ein größerer Teich und man nennt ihn das Schwarzwasser.«

»Schwarzwasser?«, wiederholte Anne. »Klingt irgendwie gruselig.«

»Der Name kommt daher, dass das Wasser durch den morastigen Boden schwarz wirkt. Natürlich *ist* es nicht schwarz.«

Julius warf einen interessierten Blick auf die Karte. »Wie kommt man dorthin?«

Herr Kruse erklärte es ihm und zeigte den Freunden auf der Karte noch andere Wege, die rund um den Gasthof durch das Moor führten.

»Aber, wie gesagt«, mahnte er noch einmal, bevor die Fünf Freunde aufbrachen. »Verlasst niemals die Wege, es ist zu gefährlich. Ich würde euch gern begleiten, aber ich habe noch einiges an Schreibtischarbeit zu erledigen. Bestellungen, Abrechnung und solche Dinge.«

»Ja, außerdem ist es wohl besser, wenn jemand hier ist, falls David doch wieder auftauchen sollte«, meinte Richard. »Oder falls das Telefon wieder funktionieren sollte. Würden Sie dann bitte noch einmal bei unseren Eltern anrufen? Die Nummer hat Anne auf den Notizblock neben dem Telefon geschrieben.«

Der Wirt versprach es.

Julius lief mit der Karte in der Hand vorweg.

Anne heftete sich an seine Fersen. Sie wollte auf keinen Fall als Letzte gehen. Hier fühlte sie sich sicherer. So sehr konzentrierte sie ihren Blick auf Julius' Füße, dass ihr beim Laufen beinahe schwindelig wurde.

Es war ein merkwürdiges Gefühl, durch den dichten Nebel zu laufen, in dem man keine zwanzig Meter weit blicken konnte. So sah man weder, wohin man lief, noch, woher man kam.

Immer wieder verglichen die Freunde die Wegmarkierungen auf den Stämmen der Bäume mit den Zeichen in der Wanderkarte, um sich zu vergewissern, dass sie sich nicht verlaufen hatten. Ließ ein Zeichen einmal auf sich warten oder war im Nebel schlecht zu erkennen, war die Erleichterung umso größer, wenn die gelbe Markierung dann endlich auf einer Baumrinde erschien.

Hin und wieder blieben sie stehen und riefen nach David. Doch es kam keine Antwort aus dem Wald zurück.

»Es ist wirklich gespenstisch still hier, findet ihr nicht?«, stellte Anne besorgt fest. »Man hört nicht mal ein Rascheln oder Knacken von irgendwelchen Tieren.«

»Ja«, bestätigte Richard. Unwillkürlich flüsterte er.

»Es ist, als ob der Nebel alles Leben in eine Zwangspause versetzt hätte.«

Schweigend setzten sie ihren Weg fort. Eigentlich war es angenehm, auf dem torfigen Untergrund zu laufen. Georg hätte am liebsten ihre Schuhe ausgezogen, um barfuß weiterzugehen.

In den Bärengrasbüscheln hingen Nebeltröpfchen und links und rechts des Pfades hatten sich kleine Pfützen gebildet.

Plötzlich blieb Georg abrupt stehen und bückte sich, sodass Richard, der das Schlusslicht bildete, beinahe in sie hineingekracht wäre. »He, pass doch auf!«, schimpfte er. »Jetzt wäre ich fast in so eine blöde Pfütze getreten.«

»Sorry«, sagte Georg und hielt Richard ein kleines Stück Papier vor die Nase, das sie vom Boden aufgehoben hatte. »Kommt dir das bekannt vor?«

»Hm, zeig mal.« Richard nahm ihr das Papier ab und drehte es hin und her. »Das ist ein Kaugummipapier. Ganz schön dumm, dass manche Leute ihren Müll einfach auf dem Weg liegen lassen.«

»In diesem Fall war es vielleicht nicht dumm«, meinte Georg. »Erkennst du das nicht wieder? Genau von dieser Sorte Kaugummi hat David sich gestern eins in den Mund geschoben. Kurz bevor wir bei uns am Internat losgefahren sind. Weißt du nicht mehr?«

Richard zuckte die Schultern. »Ich habe, ehrlich gesagt, nicht darauf geachtet. Aber wenn du das sagst, wird es wohl stimmen.«

Julius und Anne, die schon ein gutes Stück weitergelaufen waren, wurden zurückgerufen.

»Das bedeutet, dass David entweder zu den gleichgültigen Zeitgenossen gehört, denen es egal ist, wenn unsere Wälder zugemüllt werden, oder dass er damit absichtlich ein Zeichen hinterlassen wollte«, stellte Julius fest.

»Es bedeutet aber auf jeden Fall, dass er hier gewesen ist«, sagte Georg mit Nachdruck.

»Wieso?«, fragte Anne. »Ich meine, das Papier kann doch jeder dahin geworfen haben.«

Georg schüttelte den Kopf. »Wäre schon ein merkwürdiger Zufall. Diese Sorte Kaugummi habe ich vorher noch nie gesehen. Du etwa? Außerdem ist dieses Papier so komisch zusammengedreht, seht ihr? Wie ein Propeller. Und genau so hat David das gestern mit dem Papier auch gemacht, nachdem er sich den Kaugummi in den Mund geschoben hat.«

»Dann sind wir also auf dem richtigen Weg«, stellte Julius fest. »Los, Leute, suchen wir weiter.«

»Wenn ihr mich fragt, dann ist das alles ganz schön sonderbar«, meinte Anne. »Warum verschwindet David einfach im Moor? Warum hat er uns nicht Bescheid gegeben? Ob er irgendwas ausgefressen hat oder vor irgendwas davongelaufen ist?«

»Um das herauszufinden, sind wir ja hier«, erwiderte Julius und wollte sich wieder in Bewegung setzen. Doch Georg hielt ihn zurück.

»Warte mal, Julius, bevor du weiterläufst und direkt hineintrittst. Siehst du die Spuren da?«

Richard ging in die Hocke. Ganz deutlich hatten sich Fußabdrücke in den morastigen Boden gedrückt. »Ganz frisch sind die. Und sie stammen eindeutig von mehreren Personen. Der Größe nach zu urteilen, waren das alles Männer. Aber wieso rennen bei dem Nebel so viele Leute durch das Moor?«

»Pft!«, machte Anne. »Wir sind hier doch auch unterwegs. Vielleicht haben die Leute ihren Hund ausgeführt oder sie waren joggen.«

Georg zeigte ihr einen Vogel. »Den möchte ich sehen, der bei solch einem Wetter durch den Wald joggt.«

»Schauen wir, wohin die Spuren führen«, schlug Richard vor und setzte sich an die Spitze.

Doch zu ihrer Enttäuschung gabelte sich wenig später der Weg und auf beiden Pfaden liefen Spuren weiter.

»Mist«, fluchte Georg. »Julius, schau mal auf die Karte, bitte.«

»Bin schon dabei.« Julius musste die Karte neu falten, um das Blatt, das die Stelle zeigte, an der sie sich gerade befanden, zuoberst zu haben. »Hier muss es sein. An dieser Stelle teilt sich der Wanderweg. Links geht der Weg weiter, der durch die gelben Quadrate markiert ist, rechts verläuft der mit einem X markierte Weg.«

»Dann müssen wir uns hier trennen«, stellte Georg fest.

»Niemals!«, rief Anne. »Wir müssen zusammenbleiben. Außerdem haben wir nur eine Karte und einen Kompass.«

»Und einen Tim«, ergänzte Georg. »Sei kein Frosch, Anne. Schau, der X-Weg führt einfach in einer großen Kurve durch den Wald und endet wieder am Gasthof Moorklause. Man *kann* sich gar nicht verlaufen.« Georg fuhr mit dem Finger die rote Linie auf der Karte entlang, die den genannten Wanderweg beschrieb. »Der andere ist der Weg, der zum Schwarzwasser führt.«

»Georg hat recht«, sagte Julius. »Wir trennen uns hier. Und wenn dir wohler dabei ist, dann bleiben wir beide auf dem X-Weg und gehen zum Gasthof zurück. Richard und Georg können die Route zum See absuchen. Es ist besser, wenn sie die Karte mitnehmen. Wir finden den Weg schon so.«

»Okay«, sagte Georg. »Dann nehmt ihr aber wenigstens den Kompass. Der Gasthof liegt jetzt südöstlich von hier. Und wenn ihr die Schutzhütte, die hier eingezeichnet ist, erreicht habt, dann liegt er westlich.«

»Gut, gib her«, sagte Julius, steckte sich den Kompass in die Hosentasche und hielt den anderen die Hand hin. »Wir sollten keine Zeit verlieren. Viel Glück!«

»Viel Glück!« Richard und Georg schlugen ein.

Trotzig lief Anne hinter ihrem großen Bruder her. Langsam begann sie zu frösteln, denn die feuchte Luft kroch ihr die Hosenbeine hoch. Anne zog sich die Strickjacke enger um die Schultern.

Doch wenn sie ehrlich zu sich selbst war, dann ärgerte sie sich am meisten darüber, dass Julius offenbar recht zu behalten schien. Es war wirklich nicht schwer, den Weg zu finden. Immer wieder machte er sie auf die leuchtend gelben X-Zeichen aufmerksam, die trotz des Nebels zu sehen waren. Eigentlich sollte sie froh darüber sein.

»Ich glaube kaum, dass David hier gleich irgendwo auf einer Bank sitzt und sich die Zeit vertreibt«, sagte Anne.

»Nein, das glaube ich eigentlich auch nicht«, erwiderte Julius. »Wer weiß, vielleicht ist er längst schon wieder in der Moorklause. Wir müssten übrigens gleich bei der Schutzhütte sein.«

Schweigend folgten sie weiter dem Pfad, der hier in einer weiten Kurve durch den Wald führte.

»Es wird immer matschiger, Julius, merkst du das gar nicht?«, maulte Anne nach einer Weile.

Natürlich hatte Julius es bemerkt und auch ihm gefiel das gar nicht. Mit Sorge bemerkte er, dass sich an seinen Schuhen bereits ein breiter Wasserrand gebildet hatte. »Ich kann es leider nicht ändern, Anne.«

»Au, verflucht!«, rief Anne. »Jetzt hab ich nasse Füße! Julius, ich gehe keinen Schritt weiter!«

»Brüll doch nicht so!«, mahnte Julius, als sie plötzlich dicht neben sich etwas laut knacken hörten. Anne fuhr zusammen und klammerte sich an den Arm ihres Bruders.

Doch so angestrengt sie auch in den Wald spähten, durch den dichten Nebel war einfach nicht zu sehen, was sich da zwischen den Bäumen verbarg. Nur *dass* dort etwas war, konnten sie deutlich spüren.

»Julius, was ist da?«, flüsterte Anne und fühlte ihr Herz heftig trommeln.

Im selben Moment kam etwas Dunkles aus dem Nebel auf sie zugesprungen. Mit einem Schrei flüchtete sich Anne hinter Julius' breiten Rücken.

Georg und Richard waren in der Zwischenzeit schon ein gutes Stück weitergekommen, denn auf dem ersten Stück waren die quadratischen Wegmarkierungen gut zu finden gewesen. Da der Nebel in diesem Teil des Moorwaldes immer dichter zu werden schien, verließen die Kinder sich nicht nur auf ihre Augen, sondern vor allem auf ihr Gehör.

»Man merkt, dass die Gegend hier noch sumpfiger wird«, stellte Georg fest und schlug nach einer Mücke, die es sich gerade auf ihrem Arm bequem machen wollte. »Na, die kleinen Biester lassen sich durch den Nebel nicht beeindrucken.«

Jetzt schlug auch Richard um sich. Auf ihn hatten es gleich mehrere Mücken abgesehen. Die lästigen Insekten schwirrten um seinen Kopf. »Bloß weg hier«, sagte er und lief einen Schritt schneller.

Als sie ein gutes Stück im Laufschritt zurückgelegt hatten und die Mücken von ihnen abließen, fragte er: »Wie weit ist es denn noch bis zu diesem Schwarzwasser-See? Schau doch mal auf die Karte.«

Georg faltete die Karte auseinander. »Mal sehen. Der Weg verläuft hier. Hm, das ist aber irgendwie merkwürdig.«

»Was ist denn?« Richard trat neben seine Cousine. Sie steckten die Köpfe über der Karte zusammen.

»Schau, eigentlich müsste der Weg ganz gerade verlaufen und dann rechts Richtung See abbiegen«, sagte Georg und tippte auf die Karte. »Ich bin mir aber sicher, dass wir gerade schon abgebogen sind, und zwar linksrum. Aber wir sind doch auf dem Hauptweg geblieben.«

Richard sah zu Boden, um sich zu vergewissern, dass sie sich noch auf dem Weg befanden. »Wir sind auch noch auf dem Weg. Ist es denn der falsche?«

Georg blickte sich um. »Siehst du ein gelbes Quadrat?«

Richard blinzelte durch den Nebel und schüttelte den Kopf. »Diese verfluchten Mücken. Ich habe gar nicht mehr auf die Markierungen geachtet, sondern bin einfach nur den Weg weitergelaufen.«

Georg zuckte die Schultern. »Na, dann gehen wir doch einfach ein Stück zurück und suchen die Abzweigung.«

Richard war einverstanden und folgte Georg mit großen Schritten. Nur Tim blieb stehen, um aus einer Pfütze zu saufen.

»Tim, lass das«, schimpfte Georg. »Von dem abgestandenen Wasser kriegst du nur Bauchschmerzen.«

Plötzlich fanden sich Georg und Richard vor einem riesigen Matschloch wieder. Georg kratzte sich an der Schläfe. »Sind wir hier vorhin vorbeigekommen? Ich kann mich nicht erinnern.«

»Garantiert nicht«, antwortete Richard. »Das kapier ich nicht. Wir sind wohl schon wieder vom Weg abgekommen! Gib mal die Karte.« Doch wie Richard die Karte auch drehte und wendete, er konnte sich nicht erklären, wie sie gelaufen waren.

»Du hältst die Karte falsch rum«, erklärte Georg.

»Tu ich nicht«, erwiderte Richard.

»Doch«, sagte Georg und hob die Arme zu einer hilflosen Geste. »Warum habe ich Julius nur meinen Kompass gegeben? Den könnten wir jetzt gut gebrauchen. Tim, sag du uns, in welche Richtung wir laufen müssen.«

Aber Tim nahm dies als Aufforderung, zu der Wasserpfütze zurückzulaufen. Er hatte schrecklichen Durst!

Doch Georg pfiff ihn zurück. Das fehlte noch, dass sich der Hund an dem brackigen Wasser den Magen verdarb! »Komm her, Tim, auf deinen Spürsinn ist auch kein Verlass, wie ich das sehe.«

Richard ließ sich auf einen Baumstumpf sinken. »Weißt du was? Ich glaube, wir haben uns tatsächlich verlaufen. Ich muss Anne recht geben. Im Moment scheint es, als hätte sich die Welt gegen uns verschworen.«

Plötzlich begann Tim, leise zu knurren, und seine Nackenhaare stellten sich auf.

»Was ist?«, flüsterte Georg und hielt Tim vorsichtshalber am Halsband fest. »Kannst du was erkennen, Richard?«

Es war schwer, den Blick in den wabernden Nebelschwaden zu fixieren. Gerade meinte man, etwas zu erkennen, schon verschwand es wieder hinter einer weißen Wand.

»Ich weiß nicht«, zischte er. »Irgendwas Dunkles ist da, aber ich kann nicht genau erkennen, was es ist. Siehst du? Dort drüben hinter diesen Bäumen.«

»Du meinst die dicken Buchen da?«, wisperte Georg. »Ja, tatsächlich. Da hockt irgendwas.«

Richard blinzelte und flüsterte plötzlich mit zittriger Stimme: »Weißt du, wie das aussieht, Georg? Wie ein Bär. Ich glaube, da hockt ein riesiger Braunbär!«

Georg spürte, wie ihr Herz einen Takt schneller schlug. Gab es in dieser Gegend tatsächlich wieder Braunbären? Oder war er aus einem Tierpark ausgebrochen? »Ich glaube, er bewegt sich!«

Sie tippte Tim leicht auf die Schnauze, damit er wusste, dass er keinen Ton von sich geben durfte. »Sehen wir zu, dass wir hier wegkommen, bevor das Vieh auf uns aufmerksam wird.«

Das Schwarzwasser

Zum Glück war der Untergrund weich und mit Moos bewachsen, sodass es den Kindern und Tim gelang, fast lautlos die Flucht zu ergreifen. Immer wieder richteten sie den Blick zurück, um sich zu vergewissern, dass ihnen der Bär nicht folgte. Doch Meister Petz schien kein Interesse an ihnen zu haben.

An einer morastigen Stelle rutschte Georg aus, aber Richard bewahrte sie mit einem beherzten Griff davor, der Länge nach hinzufallen.

Völlig außer Atem blieben sie schließlich stehen. Keuchend stützte Georg die Hände auf die Knie. »Ich glaube, jetzt sind wir einigermaßen sicher.«

Richard nickte. »Ich glaube auch. Hast du eine Ahnung, in welche Richtung wir gelaufen sind?«

Georg schüttelte den Kopf. »Jetzt habe ich erst recht die Orientierung verloren.«

Richard schaute sich unschlüssig um. Plötzlich rief er: »Na, so was!« Mit einem Satz war er bei einem mannsdicken Baum und klopfte an dessen raue Borke. Direkt über ihm befand sich das gelbe Quadrat!

»Da hast du's!«, rief Georg erleichtert. »Es war geradezu ein Glücksfall, dass wir uns verirrt hatten: Wir haben zum ersten Mal einen Bären in freier Wildbahn gesehen. Und auf der Flucht vor ihm haben wir das Wegzeichen wiedergefunden.«

»Fragt sich nur, welche Richtung wir jetzt einschlagen müssen«, erwiderte Richard und verzog die Mundwinkel.

»Da lang!«, riefen beide im Chor und zeigten im selben Moment in genau die entgegengesetzten Richtungen.

Plötzlich mussten sie furchtbar lachen.

»Pst!«, mahnte Georg. »Sonst kommt nachher doch noch der Bär.«

Mithilfe der Karte gelang es ihnen dann doch, herauszufinden, wo genau sie sich befanden und in welche Richtung sie gehen mussten.

Den ersten Gedanken, nach diesem Schrecken nun nicht mehr bis zu dem See zu gehen, sondern den Rückweg anzutreten, verwarfen sie sogleich wieder. Schließlich waren sie aufgebrochen, um nach David zu suchen. Da konnten sie doch nicht beim ersten Problem schon wieder aufgeben!

»Hoffen wir, dass er nicht vom Bären gefressen

wurde«, feixte Richard. Doch an Georgs Gesichtsausdruck konnte er ablesen, dass sie diese Bemerkung nicht sonderlich lustig fand.

»Jetzt weiß ich auch, wo wir vorhin falsch gelaufen sind«, erklärte Georg bald darauf, als sie an eine Stelle kamen, an der sie vorher schon gewesen waren. »Schau, hier sind wir dem Hauptweg nach links gefolgt, dabei führt der Wanderweg über diesen schmaleren Pfad geradeaus weiter.«

Und dann kamen sie endlich an den See.

»Das Schwarzwasser!«, staunte Richard. »Herr Kruse hat uns nicht zu viel versprochen. Es sieht wirklich aus, als sei das Wasser pechschwarz!«

Im Kontrast zu den weißen Nebelfäden, die gespenstisch über den See hinwegstrichen, wirkte das Wasser besonders dunkel. Hier und da hörte man ein leises Platschen, wenn ein Frosch ins seichte Uferwasser sprang oder ein Fisch nach einem Insekt schnappte, das sich auf der Wasseroberfläche ausruhte.

»Es sieht aus wie im Märchen, findest du nicht auch?«, fragte Georg.

»Ja, wenn jetzt eine Elfe durch die Luft geschwebt käme, würde ich mich kaum wundern.«

Im selben Moment kam ein prächtiger Eichelhäher beinahe lautlos herbeigeflogen und ließ sich in einem Ast über dem See nieder.

»Da hast du deine Elfe!« Georg kicherte. »Ein Angler namens David wäre mir momentan allerdings lieber. Dann könnten wir ihn endlich zur Rede stellen und ihn fragen, was er sich dabei gedacht hat, einfach abzuhauen. Komm, sehen wir uns um.«

Richard, Georg und Tim umrundeten den See. Genau genommen handelte es sich eher um einen größeren Teich. An der einen Seite lief das Ufer flach aus, auf der anderen Seite standen große Bäume bis dicht an den Wassersaum und durchsetzten die Böschung mit ihren dicken Wurzeln.

»Ein idyllisches Plätzchen.« Georg atmete tief ein. »Und die Luft ist herrlich, obwohl es so nebelig ist.«

»Schau mal hier!«, rief Richard plötzlich. Er war am flachen Ufer stehen geblieben und zeigte auf den Boden. »Was hältst du davon?«

Das Erdreich war an einer Stelle aufgewühlt. Tim begann sofort zu schnuppern und wedelte aufgeregt mit dem Schwanz.

»Die Spuren sehen noch ganz frisch aus«, stellte Georg fest. »Da sind verschiedene Abdrücke. Schau, die hier stammen von Schuhen mit starkem Profil, die anderen hier haben keines. Und die da sehen wieder anders aus.«

»Die Leute haben hier nicht einfach nur herumgestanden, das ist schon mal klar«, sagte Richard. »Wenn du mich fragst, dann hat es hier eine Rangelei gegeben.«

Auf einmal entdeckte Georg etwas im seichten Uferwasser. Sie zog die Schuhe aus, krempelte die Hosenbeine hoch und stieg ins Wasser. Es war ganz schön kalt!

»Das ist gesund!«, rief sie, als sie vorsichtig weiter in das Wasser watete. »Wassertreten. Das härtet ab.«

Richard grinste. »Härte du dich ruhig allein ab.«

Georg fischte etwas aus dem Wasser und hielt es triumphierend in die Höhe.

»Was ist das?«, rief Richard. »Doch nicht etwa …«

»Doch«, bestätigte Georg. »Es *ist* ein Kaugummipapier. Und es ist zusammengedreht wie ein Propeller. David war hier. Definitiv.«

Erschrocken hielt sich Richard die Hand vor den Mund. »Hoffentlich ist ihm nichts passiert!«

Georg kam ans Ufer zurück. »Mal den Teufel

nicht an die Wand, Richard. Die Spuren und das Kaugummipapier beweisen gar nichts. Wir wissen nur, dass David hier war.« Dann blickte sie auf ihre Füße, die vollkommen mit Schlamm verschmiert waren. »Mist, ich hab nichts zum Abwischen. Jetzt muss ich so in die Socken steigen.«

»Trotzdem, Georg, ich hab ein ungutes Gefühl«, meinte Richard. Dann holte er tief Luft und rief ein paarmal Davids Namen. Tim stimmte sofort mit lautem Bellen ein. Doch niemand antwortete.

Georg legte Richard die Hand auf die Schulter. »Ich wette, er ist längst wieder zur Moorklause zurückgekehrt. Komm, sehen wir zu, dass wir den Rückweg antreten. Jetzt kennen wir den Weg ja.«

Richard wandte den Blick nach oben. »Schau, die Sonne scheint sich auch endlich durch den Nebel zu kämpfen.«

Georg lachte. »Du weißt doch, letztendlich wendet sich immer alles zum Guten.«

Mit steifen Schritten stakste Georg hinter ihrem Cousin her, denn es war sehr unangenehm, mit den feuchten, schmutzigen Füßen in den Schuhe zu laufen. »Hauptsache, dieser Bär kommt uns jetzt nicht in die Quere«, sagte sie. »Rennen kann ich so nicht.«

Julius und Anne waren inzwischen fast beim Gasthof angekommen. Julius musste immer noch darüber schmunzeln, dass Anne solch einen Schrecken bekommen hatte.

»Du hast geschrien, als sei dir der Teufel persönlich über den Weg gelaufen«, foppte er seine kleine Schwester. »Dabei kam da nur ein harmloses Reh aus dem Gebüsch gesprungen.«

»Hör bloß auf, dich über mich lustig zu machen!«, rief Anne wütend. »Schließlich hast du selbst einen Riesenschrecken bekommen. Außerdem hätte es genauso gut ein Wildschwein sein können. Und Wildschweine sind manchmal ganz schön gefährlich. Das weiß doch jedes Kind.«

»Schon gut, schon gut.« Julius winkte ab. »Du weißt doch, wer den Schaden hat, braucht für den Spott nicht zu sorgen.« Plötzlich hielt er inne. »Sag mal, bilde ich mir das ein oder habe ich da tatsächlich eben ein Auto gehört?«

Anne horchte. »Ich habe nichts gehört. Aber das muss nichts heißen. Vielleicht ist Frau Kruse zurückgekommen. Das wäre prima. Oder vielleicht hat Herr Kruse sogar Vater erreicht und er ist schon da. Komm, sehen wir nach!«

Anne spurtete los und rannte um den Gasthof

herum. Doch enttäuscht stellte sie fest, dass auf dem Vorplatz von einem Auto nichts zu sehen war. »Du musst dich getäuscht haben, Julius.«

»Hm«, machte Julius und legte die Stirn in Falten. »Ich bin mir eigentlich sicher… Fragen wir Herrn Kruse.«

Julius und Anne trafen Herrn Kruse im Schrankraum. »Ah, da seid ihr ja wieder!«, rief er überschwänglich. »Ich hoffe, ihr wart erfolgreich. Habt ihr euren Chauffeur gefunden? Wo sind denn die anderen beiden und der Hund?«

Julius erklärte ihm, dass sie sich getrennt hatten. »Hoffentlich haben Richard und Georg mehr Erfolg«, meinte er und fragte dann: »Sagen Sie, ich glaube, ich habe eben ein Auto gehört. Kann das sein?«

»Ein Auto?«, rief Herr Kruse und beugte sich über einen der Tische, um ihn mit einem Lappen zu bearbeiten. »Nein, also ein Auto ist nicht hier gewesen, das hätte ich doch mitbekommen. Das Telefon funktioniert übrigens auch noch nicht. Ihr werdet euch also noch ein bisschen gedulden müssen.«

»Komisch«, sagte Julius. »Ich war mir eigentlich sicher, dass…«

»Ein Auto ist nicht hier gewesen!«, sagte Herr Kruse mit Nachdruck. Er hatte sich ruckartig aufgerichtet und fixierte Julius jetzt mit seinem Blick. »Ich war die ganze Zeit hier im Schankraum. Wenn ein Auto gekommen wäre, hätte ich das mitgekriegt.«

»Und Ihre Büroarbeit?«, fragte Julius erstaunt. »Sie wollten doch Bestellungen und Rechnungen schreiben, vielleicht ...«

»So, hab ich das gesagt?«, stammelte Herr Kruse. »In der Tat, das muss ich auch noch erledigen. Jetzt, wo du es sagst ...«

Anne zupfte Julius am Ärmel. »Lass uns draußen auf Richard und Georg warten, ja?«

Der Wirt wedelte mit dem Putzlappen durch die Luft. »Ja, macht das nur. Ich glaube, der Nebel verzieht sich allmählich. Aber bleibt beim Haus, damit ich euch jederzeit rufen kann, ja? Falls sich etwas Neues ergibt.«

Julius versprach es und schob Anne vor sich her aus dem Gasthof. Dabei spürte er die Blicke des Wirtes im Rücken.

»Dann musst du dich doch getäuscht haben, Julius«, sagte Anne draußen. »Schau mal, der Nebel lichtet sich tatsächlich so langsam.«

Julius machte ein nachdenkliches Gesicht. »Ich weiß nicht, Anne. Kam dir Herr Kruse nicht auch komisch vor?«

»Überhaupt nicht!«, rief Anne. »Ich fand ihn so nett wie immer. Vielleicht ist er ein wenig gereizt, weil das Telefon immer noch nicht funktioniert.«

Julius wurde von einem sonderbaren Gefühl ergriffen, das er selbst nicht erklären konnte. Irgendetwas lag in der Luft.

»Komm mal mit«, sagte er plötzlich. »Ich habe da eine Idee.«

Anne folgte ihm ein gutes Stück die Einfahrt entlang.

Julius heftete die ganze Zeit über den Blick auf den Boden.

»Was ist denn, suchst du was?«, fragte Anne. »Hast du heute Morgen etwas verloren?«

»Nein, aber falls ein Wagen hier war, müssten wir die Spuren sehen können«, antwortete Julius.

Anne lachte. »Aber hier sind doch Hunderte von Reifenspuren!«

»Schon«, antwortete Julius. »Trotzdem …«

Sie waren schon ein gutes Stück gelaufen, als Julius einsah, dass es wohl doch ein sinnloses Unterfangen war. Anne hatte recht. Es wimmelte auf dem Weg nur so von Reifenspuren, manche hatten sich mehr, manche weniger tief in den Boden eingegraben.

Sie wollten gerade umdrehen, als Julius plötzlich stehen blieb. »Na, was haben wir denn da?« Er zeigte auf einen Stock, der mitten auf dem Weg lag und in der Mitte durchgebrochen war.

Anne sah ihren Bruder verständnislos an. »Was ist denn damit?«

»Ich bin mir sicher, dass Tim diesen Stock heute Morgen, als wir beim Wagen waren, hier abgelegt hat. Ich weiß noch ganz genau, dass er diesen Stock eine Weile mit sich herumgetragen hat. Auf dem Rückweg hat Georg einmal nach ihm gepfiffen, weil er so weit zurückblieb. Da hat er ihn fallen gelassen und ist hinter uns hergerannt.«

Anne begriff noch immer nicht, worauf Julius hinauswollte. »Ja und?«

Julius tippte ihr an die Schläfe. »Verstehst du denn nicht? Als Tim den Stock fallen gelassen hat, war er noch ganz. Siehst du, der ist ja nicht so morsch, dass er durch den Aufprall schon kaputtgehen könnte.«

Schlagartig war Anne klar, was das bedeutete.

»Es muss ein Auto darübergefahren sein. Darum ist er zerbrochen! Dann hat Herr Kruse es wohl nicht mitbekommen.«

Julius verzog den Mund. »Oder er hat es mitbekommen und streitet es trotzdem ab.«

»Aber warum sollte er das tun?«, rief Anne verärgert. »Ich meine, er wartet doch ebenso darauf, dass jemand kommt. Zum Beispiel seine Frau.«

»Ich finde es ja selbst merkwürdig«, gab Julius zu. »Aber er hat betont, dass er im Schankraum war. Und wenn das stimmt, hätte er es wirklich mitkriegen müssen, wenn ein Auto gekommen wäre. Und hast du nicht auch bemerkt, wie er reagiert hat, als ich ihn daran erinnert habe, dass er doch eigentlich Büroarbeit erledigen wollte?«

»Jetzt siehst du aber Gespenster. Vielleicht hat er sich einfach nur über seine eigene Vergesslichkeit geärgert. Herr Kruse ist wirklich sehr nett. Vorhin in der Küche hat er mir alles Mögliche erklärt, was man über die Führung eines Gasthofes wissen muss. Ich finde, dass das ein sehr interessanter Beruf ist. Man kommt dabei mit so vielen Menschen in Kontakt«, sagte Anne. »Das könnte mir auch Spaß machen. Allerdings ist es wahrscheinlich oft ziemlich anstrengend. Also, ich möchte nicht eine Gesellschaft von fünfzig Personen oder mehr bewirten müssen.«

»Gehen wir zum Gasthof zurück und warten auf Richard und Georg«, schlug Julius vor, der sich im Moment nicht so sehr für Annes Berufspläne interessierte.

Als sie sich der Moorklause näherten, meinte Julius, das Gesicht des Wirtes hinter der Scheibe zu erkennen. Warum beobachtet er uns?, fuhr es ihm durch den Kopf. Und warum wollte er, dass wir beim Gasthof bleiben?

Die Geschwister setzten sich auf eine Bank an der Rückseite des Hauses. Tatsächlich fanden endlich die ersten Sonnenstrahlen ihren Weg. Es sah aus, als beginne der Nebel selbst zu leuchten.

Anne streckte die Nase in die Luft. »Schau mal, Julius, die Vögel dort. Sie sitzen auf dem Kabel wie Perlen auf einer Schnur. Sieht das nicht lustig aus? Was sind das wohl für Vögel?«

Julius betrachtete die zwitschernde Vogelschar, die sich offenbar ebenso über die Sonne freute wie sie. »So klein, wie die sind, könnten es Zaunkönige sein. Gut, dass wir weit genug weg sitzen, damit wir nichts auf den Kopf bekommen.«

Anne kicherte. »Sie sehen so klein und leicht aus!

Ich stelle mir gerade vor, wir könnten sie von hier aus von diesem Kabel pusten. Ich frage mich immer, warum sie auf einem Stromkabel sitzen können, ohne dass es gefährlich für sie ist.«

»Das weißt du nicht?«, rief Julius gespielt empört. »Hast du denn in der Schule nicht aufgepasst? So wie die Vögel auf dem Kabel hocken, haben sie keine Erdung, durch die der Strom abfließen könnte, deshalb kann ihnen nichts passieren. Im Übrigen ist das da kein Stromkabel.«

Anne zog die Augenbrauen hoch. »Kein Stromkabel? Was soll es denn dann für ein Kabel sein,

wenn es nicht für Strom ist? Pft, oder meinst du vielleicht, es ist eine Wäscheleine für Riesen?«

Julius setzte sich ruckartig auf. »Es ist ein Telefonkabel, Anne.« Damit sprang er von der Bank auf und folgte mit dem Blick dem Verlauf des Kabels. Es führte von der Dachbefestigung an der Hauswand entlang.

Julius ging vor der Wand in die Hocke. »Die Sache wird ja immer interessanter.« Anne sah, wie er mit dem Zeigefinger das Kabel anhob. Es war in Kniehöhe durchtrennt worden! »Anne, erst mal kein Wort davon zu Herrn Kruse, klar?«

Anne nickte. So hatten sie es schließlich immer gehalten, wenn sie einer Sache auf der Spur waren. »Hoffen wir, dass Georg und Richard bald kommen. Wir haben ihnen einiges zu erzählen. Aber die Sache mit dem Reh brauchst du ihnen nicht direkt auf die Nase zu binden, hörst du?«

Warum lügt Herr Kruse?

Während über den Wipfeln endlich die Sonne schien, klebte der Nebel noch hartnäckig zwischen den Bäumen, als Richard, Georg und Tim endlich aus dem Wald zurückkamen. Wie drei gespenstische Schatten schlüpften sie aus dem weißen Dunst. David war nicht bei ihnen. Julius und Anne hatten schon befürchtet, dass auch Richard und Georg den Fahrer nicht gefunden hatten.

Anne lief ihnen winkend entgegen. »Da seid ihr ja endlich!« Am liebsten hätte sie ihnen zugerufen, was sie entdeckt hatten, aber sie hielt sich zurück.

Ein gutes Stück vom Haus entfernt hielt sie Richard und Georg kurz zurück und berichtete ihnen im Flüsterton von dem durchgeschnittenen Kabel und dem Auto. »Herr Kruse sagt aber, es sei kein Wagen vorgefahren. Wir sollten gut aufpassen, was wir ihm sagen.«

Georg und Richard nickten zum Zeichen, dass sie verstanden hatten. Inzwischen war auch Julius zu ihnen gestoßen.

»Und *wir* haben am See noch so einen Kaugummipropeller gefunden«, verkündete Georg, so leise, dass sie vom Haus aus nicht zu hören war. »David muss dort gewesen sein. So wie es aussah, gab es am See ein Handgemenge. Mehr wissen wir auch nicht.«

»Ein Handgemenge?«, fragte Anne erschrocken. »Hoffentlich ist ihm nichts passiert. Und wenn er ertrunken ist? Oder er wurde entführt!«

»Der Gedanke ist mir auch schon gekommen«, erwiderte Georg.

»Aber wer entführt schon einen einfachen Angestellten?«, wandte Richard ein. »Man entführt reiche Leute, um Geld zu erpressen, oder Politiker, um irgendwelche Verbrecher aus dem Gefängnis freizubekommen. Doch was für einen Grund sollte man haben, David zu kidnappen?«

»Ich sag euch, Leute, an der ganzen Sache ist was oberfaul«, sagte Julius und sah sich nach dem Gasthof um. »Lasst uns zur Moorklause zurückgehen und so tun, als sei alles in bester Ordnung.«

Georg fasste sich demonstrativ an den Hals. »Ich habe sowieso schrecklichen Durst. Meine Kehle ist ganz trocken.«

»Dann bestellen wir doch einfach bei Herrn Kruse Limonade«, schlug Anne vor.

Also ließen sich die Freunde auf der Terrasse nieder, auf der für die Gäste Tische und Stühle aufgebaut waren. Anne ging zu Herrn Kruse ins Haus, um die Bestellung aufzugeben.

»Stellt euch vor, wir haben einen waschechten Bären gesehen«, erzählte Richard eifrig, als seine Schwester an den Tisch zurückgekehrt war.

»Unglaublich!«, rief Anne und rutschte nach vorn auf die Stuhlkante. »Ich glaube, in den Wald kriegen mich keine zehn Pferde mehr rein. Das ist doch furchtbar gefährlich!«

»Erzähl doch mal!«, forderte Julius seinen Bruder auf.

»Na ja, ein bisschen mulmig war uns schon«, gab Richard zu. »Obwohl wir natürlich wissen, dass Bären eigentlich scheue Tiere sind. Wir waren zum Glück in sicherer Entfernung.«

»Ja«, fiel Georg ihm ins Wort. »Leider hatten wir uns doch verlaufen und sind ein Stück vom Hauptweg abgekommen.« Sie sprach jetzt leiser, damit Herr Kruse sie nicht hörte. Schließlich hatte er sie ja mehr als einmal ermahnt, auf dem Hauptweg zu bleiben.

Plötzlich riss Richard die Arme in die Höhe. »So ein Riesenvieh saß da auf einmal. Ungelogen. Das war ganz schön gespenstisch. Wegen des Nebels haben wir ihn erst so spät gesehen.«

»Tim wäre am liebsten sofort auf ihn losgegangen«, sagte Georg und lachte. »Das wäre garantiert ins Auge gegangen!«

Richard machte ein zufriedenes Gesicht. »So ein Naturschauspiel sieht man nicht alle Tage. Zum Glück ist uns Meister Petz nicht gefolgt.«

»Dann soll man möglichst auf einen Baum klettern«, wusste Anne.

»Was hab ich da gerade gehört? Ihr seid auf einen Bären getroffen?« Herr Kruse kam soeben mit einem Tablett voll Gläser und einem Krug Eistee auf die Terrasse. Er hatte sich einen Stapel rot-weiß karierter Tischtücher unter den Arm geklemmt. Schließlich versprach es nun doch ein schöner Tag zu werden, was die Freunde beruhigte. Sicher würden bald die ersten Gäste eintreffen. Da fand sich bestimmt jemand, der zwei von ihnen mit in den nächsten Ort nahm, damit sie telefonieren konnten.

Herr Kruse stellte das Tablett ab. »Da bin ich aber mal gespannt, wo ihr den gesehen haben wollt. Lasst mich mal raten.«

Unter den erstaunten Blicken der Kinder nahm er Richard die Karte aus der Hand, breitete sie aus und zeigte genau auf die Stelle, an der Richard und Georg tatsächlich auf den Bären gestoßen waren.

»Ja!«, rief Georg, obwohl sie damit verriet, dass sie den Wanderweg verlassen hatten. »Genau dort war es.«

Jetzt brach der Wirt in schallendes Gelächter aus. Sein Schnurrbart wippte auf und ab.

Die Kinder warfen sich fragende Blicke zu. Was war denn nun in den Wirt gefahren? Was war daran so lustig, dass Richard und Georg auf einen gefährlichen Bären gestoßen waren?

»Woher wussten Sie, dass es genau dort gewesen sein musste?«, fragte Anne schließlich. »Gibt es dort viele Bären? Wir haben gar nicht gewusst, dass es hier überhaupt welche gibt.«

»Gibt es auch nicht.« Herr Kruse ließ sich auf einen Stuhl nieder und wischte sich eine Lachträne aus dem Augenwinkel. »Ich befürchte, diese Seifenblase muss ich platzen lassen, Kinder. Bei dem Bären, den ihr im Nebel habt hocken sehen, handelt es sich um eine der alten Torfstecherkaten.«

Georg spürte, wie ihr das Blut in den Kopf schoss. »Ich kann doch wohl eine Hütte von einem Bären unterscheiden!«

Herr Kruse schüttelte den Kopf. »Mach dir nichts

draus, Georg. Du bist nicht die Erste, der das passiert ist. Diese Katen sind so eine Art Erdhöhlen, die wie kleine Hügel aus dem Boden ragen. Früher haben dort die Torfstecher übernachtet, damit sie sich den langen Marsch nach Hause sparen konnten. Jetzt sind die Katen schon lange verlassen, denn Torf wird hier schon seit Ewigkeiten nicht mehr gestochen.«

Georg war die Verwechslung furchtbar peinlich, auch wenn sie wusste, dass ihnen der Nebel ein Schnippchen geschlagen hatte.

»Tja«, sagte Julius grinsend. »Was dem einen sein Bär, ist dem anderen sein Reh.«

Anne feuerte mit ihren Blicken warnende Blitze auf ihren großen Bruder, doch der ließ sich davon keineswegs beeindrucken und erzählte den anderen in aller Ausführlichkeit, wie das harmlose Reh Anne fast zu Tode erschreckt hatte. Natürlich fing er sich damit unter dem Tisch einen Tritt ein.

»Aua!«, rief Julius gespielt, als hätte es schrecklich wehgetan, und rieb sich das Bein.

Plötzlich wurde Herr Kruse ernst. »Aber dass ihr ausgerechnet dort gewesen seid, gefällt mir gar nicht. Schlimm genug, dass ihr den Weg verlassen habt, aber diese Torfstecherkaten solltet ihr meiden wie der Teufel das Weihwasser.«

»Aber warum denn?«, fragte Georg. »Wenn das stimmt, was Sie sagen, dann sind es doch einfach nur Hütten oder Erdhöhlen.«

Der Wirt fixierte Georg mit seinen Augen, dass ihr ein Schauer über den Rücken lief. »Schon. Und dennoch sind dort schon Menschen spurlos verschwunden. Also, seid froh, dass ihr Reißaus genommen habt.«

Georg riss sich von seinem Blick los und pustete Luft aus. »Pa, Menschen lösen sich nicht in Luft auf. Auch David wird sicher wieder auftauchen.«

»Ich habe euch vor den gefährlichen Sumpflöchern im Moor gewarnt«, erinnerte Herr Kruse. »Es ist von Geistern die Rede, die allzu neugierige Menschen auf gefährlichen Grund gelockt haben sollen. Die Armen sind dort elendig versunken. Nichts ist von ihnen geblieben. Keine Spur. Und das Moor gibt sie nie wieder her.«

Anne spürte auf den Armen eine Gänsehaut. Nie wieder würde sie das Moor betreten! Auch wenn sie auf den Wegen angeblich in Sicherheit war!

Dann erhob sich Herr Kruse etwas schwerfällig und seufzte. »Wisst ihr was, Kinder? Ich bringe euch mal ein bisschen Brot und Schinken. Ihr habt doch sicher schon längst wieder Hunger. Wollt ihr euch nicht hineinsetzen?«

»Ich denke, wir bleiben lieber hier draußen, wenn es Ihnen nichts ausmacht«, antwortete Julius. »Die Luft ist herrlich und die Sonne hat es sicher gleich geschafft.«

»Aber drinnen sind die Stühle bequemer«, gab Herr Kruse zu bedenken.

»Die Stühle hier draußen sind absolut okay«, versicherte Anne.

Der Wirt zögerte einen Moment. »Nun gut. Aber bleibt schön hier beim Haus, ja?«

Georg sah dem Wirt mit zusammengekniffenen Augen hinterher. »Sehr merkwürdig«, murmelte sie, als er im Gebäude verschwunden war.

»Dass er schon wieder betont hat, wir sollen beim Haus bleiben?«, fragte Julius. »Das finde ich allerdings auch.«

»Nein, das meine ich gar nicht«, erwiderte Georg. »Er hat überhaupt nicht gefragt, ob wir eine Spur von David gefunden haben.«

Anne hatte nach dem kleinen Imbiss im Schankraum einen Schrank mit Spielen entdeckt und den anderen vorgeschlagen, sich die Zeit mit Malefiz zu vertreiben. Eigentlich hätten sie sich gern über all die Dinge ausgetauscht, die sie in Erfahrung gebracht hatten, doch Herr Kruse schlich ständig um sie herum oder lauerte hinter einem der Fenster, sodass sie es nicht wagten. Aber sie würden ja nicht mehr lange warten müssen, bis die ersten Gäste eintrafen und sich eine Mitfahrgelegenheit ergab.

Inzwischen lag die Terrasse in der prallen Sonne. Beinahe wurde es den Freunden zu warm. Sie spielten eifrig Runde um Runde und vergaßen darüber die Zeit, bis Julius schließlich irritiert auf seine Armbanduhr blickte und sich umsah. »Sehr merkwürdig. Es ist schon längst Mittag. Der Laden scheint ja nicht gut zu laufen«, flüsterte er, als der Wirt gerade im Schuppen verschwunden war.

Jetzt wurde auch den anderen bewusst, dass bisher kein einziger Gast eingetroffen war, um in der Moorklause zu essen.

»Julius hatte vorhin recht«, zischte Georg. »Irgendwas ist hier oberfaul. Und davon, dass wir hier untätig herumsitzen, werden wir auch nicht schlauer.«

»Wir sind dumm«, sagte Richard plötzlich. »Es

ist ganz offensichtlich, dass Herr Kruse uns die ganze Zeit beobachtet. Aber wenn wir alle zusammenbleiben, ist das für ihn ja auch einfach. Wir sollten uns aufteilen.«

Doch es blieb ihnen keine Zeit, einen Plan abzusprechen.

»Achtung, er kommt zurück!«, warnte Anne und schlug, jetzt einen Ton lauter, ein anderes Thema an. »Es ist wirklich herrlich hier, jetzt, wo die Sonne so schön scheint, findet ihr nicht auch? Oh, da drüben sind jetzt jede Menge Schmetterlinge bei den Rosen. Wisst ihr, was das für welche sind?«

»Nein, tut mir leid, ich kenne nur Zitronenfalter mit Namen«, antwortete Richard. »Aber du hast recht, sie sehen wunderschön aus.«

»Na, hört mal.« Herr Kruse trat an den Tisch heran. »In Biologie lernt ihr wohl heutzutage nichts mehr! Dieser kleine orangefarbene Falter ist doch nun wirklich weit verbreitet hier. Das ist der Kleine Fuchs. Nicht zu verwechseln mit dem etwas dunkleren Admiral. Den erkennt ihr an den schwarz und weiß gesprenkelten Flügelspitzen.«

»Danke, jetzt sind wir wieder etwas schlauer«, sagte Julius und zögerte einen Moment. »Wissen Sie, wir haben uns gerade überlegt, ob Richard und ich nicht zu einer Wanderung in den nächsten Ort aufbrechen sollten. Das Wetter lädt jetzt geradezu dazu ein, ein Stück zu laufen, und da sich unsere Eltern bestimmt inzwischen Sorgen machen …«

»Aber wozu die Eile!«, fiel ihm der Wirt ins Wort. »Wartet noch ein Weilchen. Um bis in den nächsten Ort zu laufen, ist es wirklich zu weit. Und sicher kommen gleich die ersten Gäste.«

Richard winkte ab. »Keine Sorge. Mein Bruder und ich sind gut zu Fuß.«

»Ich kann das wirklich nicht verantworten!«, erwiderte Herr Kruse energisch. »Wenn euch unterwegs etwas passiert! Die Strecke bis zum Ort ist schließlich etwas anderes, als hier auf den Wanderwegen unterwegs zu sein.«

»Darüber brauchen Sie sich keine Gedanken zu machen«, versicherte Julius. »Wir können Tim mitnehmen. Er passt auf uns auf.«

»Wo ist übrigens Tim?«, fragte Georg.

»Dein Hund ist vorhin ins Haus gegangen«, wusste Herr Kruse. »Bestimmt war es ihm in der Sonne zu warm.«

»Das kann sein«, sagte Georg und rückte den Stuhl ein Stück vom Tisch, um aufzustehen. »Ich werde mal nachsehen, wo er steckt.«

Julius fiel auf, dass der Wirt unruhig wirkte und immer wieder suchend zum Waldsaum blickte. Er beobachtete Herrn Kruse aus dem Augenwinkel, während sich dieser mit Anne weiter über Schmetterlinge unterhielt, und fragte sich, was der Mann mit Davids Verschwinden zu tun haben mochte. Warum wollte er unbedingt, dass die Freunde beim Gasthof blieben? War da etwas im Wald, wonach er Ausschau hielt? War es echte Sorge oder steckte er tatsächlich selbst hinter dieser Inszenierung? Aber wäre er dann so dumm gewesen, sein eigenes Telefonkabel zu zerschneiden? Die Fragen schwirrten Julius durch den Kopf wie hartnäckige Insekten, als Georg plötzlich im Türrahmen auftauchte. »Ich kann Tim nirgendwo finden! Sind Sie sicher, dass er ins Haus gelaufen ist?«

Der Wirt nickte heftig. »Aber ganz sicher. Er muss im Haus sein.«

Georg breitete die Arme zu einer hilflosen Geste aus. »Aber er kann sich doch nicht in Luft aufgelöst haben.«

»Wir helfen dir suchen«, entschied Anne und sprang auf. »Kommt, Jungs.«

Richard und Julius folgten Anne ins Haus und riefen nach Tim.

»Vielleicht ist er ja die Treppe raufgelaufen«, meinte Herr Kruse. »Habt ihr schon in euren Zimmern nachgesehen?«

»Er hätte mich doch hören müssen«, erwiderte Georg. »Er kommt immer, wenn ich ihn rufe.«

»Gehen wir trotzdem rauf und sehen nach«, schlug Anne vor, griff nach dem Geländer und sprang mit drei Sätzen die Treppe hinauf. »Tim?«, rief sie. »Tim, bist du hier irgendwo?«

Sie blieb im Flur, von dem die Gästezimmer ausgingen, stehen und horchte. War da nicht ein leises Fiepen zu hören gewesen?

»Tim?«, rief sie noch einmal. »Tim, wo bist du?«

Hinter sich hörte sie Julius die Treppe heraufstürmen. »Pst!«, machte Anne. »Sei leise, ich glaube, ich habe etwas gehört.«

Julius spitzte die Ohren. »Das kam aus eurem Zimmer«, sagte er. »Ziemlich sicher.«

»Aber warum fiept er nur und bellt nicht zur Antwort, wie er das sonst immer tut, wenn wir ihn rufen?«, fragte Anne besorgt. »Ob er sich verletzt hat?«

»Das werden wir gleich wissen«, antwortete Julius und war schon in dem Zimmer, in dem die Mädchen übernachtet hatten, verschwunden. Doch zu seinem Erstaunen standen hier nur die fertig gepackten Reisetaschen auf dem Boden. Von Tim war nichts zu sehen.

»Tim?«, rief Anne noch einmal.

»Ich werd verrückt«, zischte Julius. »Das kam doch tatsächlich aus dem Wandschrank. Bestimmt ist ihm seine Neugier zum Verhängnis geworden und die Tür ist hinter ihm zugefallen.«

»Julius«, sagte Anne mit vorwurfsvoller Stimme. »Die Schranktür hat einen Schlüssel, wie soll er den denn von außen zugemacht haben? Nun mach schon die Tür auf!«

Anne stellte sich auf die Zehenspitzen und lugte ihrem Bruder über die Schulter.

»Timmi, mein armer Timmi!«, rief Georg, die gerade ins Zimmer gekommen war, und schob Anne und Julius zur Seite. »Was haben sie denn mit dir gemacht?«

Tim hockte mit hängenden Ohren in dem Wandschrank. Und jetzt wusste Anne auch, warum er nicht gebellt hatte. Jemand hatte ihm mit einem Halstuch das Maul zugebunden!

»Das darf doch wirklich nicht wahr sein!«, schimpfte Georg und beeilte sich, Tim von dem Tuch zu befreien. Sofort sprang Tim an Georg hoch und schleckte ihr durchs Gesicht.

Anne fühlte sich wie vor den Kopf gestoßen. »Das hätte ich Herrn Kruse niemals zugetraut. Warum tut er dem armen Tim so was an? Er hat ihm doch nichts getan! Oder habt *ihr* noch jemand anderen hier durchs Haus schleichen sehen?«

Georg und Julius schüttelten den Kopf.

»Nein, niemanden«, knurrte Julius. »Ich weiß auch nicht, was er sich dabei gedacht hat. Ich glaube, es ist höchste Zeit, dass uns Herr Kruse mal ein paar Fragen beantwortet.« Wütend stapfte er aus dem Zimmer.

Tim freute sich über seine wiedergewonnene Freiheit so sehr, dass er den Mädchen wild um die Beine sprang. Sekunden später hörten sie ein wildes Trommeln und Schimpfen vom Flur.

Georg verdrehte die Augen. »Ach du liebes Lottchen, was ist denn nun schon wieder passiert?«

Am Ende des Flures befand sich eine Tür, hinter der es zu der Treppe ging, die sie eben erst heraufgekommen waren. Nun war die Tür geschlossen und Julius stand davor und schlug mit den Fäusten gegen das Holz. »Aufmachen!«, brüllte er.

Anne packte Julius bei der Schulter. »Julius, was machst du denn da?«

»Wonach sieht es denn wohl aus?«, maulte Julius zurück. »Die Tür ist zu. Abgeschlossen. Der Kerl hat uns hier oben eingesperrt!«

»Jetzt verstehe ich gar nichts mehr«, sagte Georg. »Warum macht er denn so was? Erst sperrt er Tim in den Schrank, dann schließt er uns ein.« Sie fasste sich an die Stirn.

»Eins ist jedenfalls klar«, stellte Anne fest. »Wir sitzen in der Falle.«

Julius schob Anne beiseite und stürmte den Flur entlang, wobei er jede Tür aufstieß. »Es muss doch einen anderen Weg hier raus geben!«

Georg mahnte Julius, Ruhe zu bewahren. »Es bringt nichts, wenn wir herumpoltern. Die Fenster kannst du ohnehin vergessen. Die Fremdenzimmer hier oben sind allesamt Dachkammern mit Kippfenstern. Durch die kannst du höchstens aufs Dach klettern. Ich möchte wissen, wie du da runterkommen willst. Das sind locker acht Meter.«

In diesem Moment hörten sie vor der Tür eine Stimme. »Kinder, hört ihr?«

»Herr Kruse!«, rief Georg mit scharfer Stimme. »Machen Sie sofort die Tür auf!«

»Bitte beruhigt euch!« Die Stimme des Wirtes klang weinerlich. »Glaubt mir, es ist nur zu eurem und meinem Besten, dass ihr vier ein Weilchen dort oben bleibt. Später werde ich euch alles erklären.«

Georg zog die Augenbrauen hoch. »Später? Wann ist denn später?«

Doch da schien der Wirt schon wieder fort zu sein.

»Ts!«, machte Anne. »Was soll das denn heißen, es sei zu unserem und seinem Besten, dass wir hier eingesperrt sind?«

»Moment mal«, sagte Julius plötzlich. »Hat er eben gesagt ›ihr vier‹? Hat er nur uns Kinder gemeint oder hat er Tim mitgezählt?«

Georg schlug sich mit der Faust in die hohle Hand. »Du meinst, dass er vielleicht davon ausgeht, dass Richard auch bei uns ist? Das wäre unsere Chance!«

»Richard?«, fragte Anne. »Wo steckt der eigentlich?«

Richard hat es in der Hand

Gerade wollte Richard Julius und den Mädchen ins obere Stockwerk folgen, da sah er Herrn Kruse die Treppe hinaufschleichen. Irgendetwas an der Haltung des Wirtes ließ ihn zögern. Vielleicht war es sein verbissener Gesichtsausdruck? Also blieb Richard unten und hockte sich hinter das Geländer, sodass er eben zwischen den gedrechselten Holzstäben hindurchspähen konnte.

Richard mochte seinen Augen kaum trauen, als er sah, wie Herr Kruse die Tür ins Schloss zog und den Schlüssel herumdrehte. Was hatte das jetzt zu bedeuten?

Richard spürte Panik in sich aufsteigen. Was sollte er jetzt tun? Einen Moment lang blieb er wie angewurzelt hocken.

Jetzt hörte er, wie Julius auf der anderen Seite gegen das Türblatt hämmerte. Herr Kruse stammelte etwas davon, dass es besser so sei. Richard hatte keine Ahnung, was er damit meinte. Er wusste nur, dass er jetzt schnell eine Entscheidung treffen musste.

Rückwärts rutschte er unter die Treppe und versuchte, ruhig zu bleiben. Denk nach, Richard!, sagte er zu sich selbst und trommelte sich mit den Fingerspitzen gegen die Schläfen.

Eins schien sicher: Der Wirt hatte ihn nicht bemerkt. Und wenn er richtig gehört hatte, dann meinte er sogar, dass er bei den anderen im Obergeschoss war.

Richard fragte sich, was für ein Spiel hier gespielt wurde. Ob der Wirt tatsächlich etwas mit dem Verschwinden des Fahrers zu tun hatte? Herr Kruse war doch eigentlich so nett zu ihnen gewesen!

Ob er versuchen sollte, Julius und die Mädchen zu befreien? Aber wie sollte er das anstellen?

Nein, entschied Richard. Es war besser, wenn er versuchte, Hilfe zu holen.

Vorsichtig schlich er los. Den Rücken dicht an die Wand gepresst, arbeitete er sich Schritt für Schritt voran, bis er schließlich durch die Tür in den Schankraum schlüpfen konnte. Doch als er die Klinke der Eingangstür drückte, ergriff ihn erneut Panik. Die Tür war abgeschlossen und der Schlüssel steckte nicht im Schloss!

In seiner Aufregung fiel es ihm schwer nachzudenken. Alles hing jetzt von ihm ab! Er atmete ein paarmal tief durch, das half.

Die Fenster im Schankraum waren allesamt vergittert, die konnte er vergessen. Was war mit der Küche? Flink wie ein Wiesel huschte er durch die Tür. Doch die Enttäuschung war groß. Es gab zwar eine Tür, die nach draußen führte, doch diese war ebenfalls abgeschlossen. Das Fenster ließ sich nur kippen.

Verflucht!, dachte Richard. Wenn er in die anderen Räume wollte, musste er an der Treppe vorbei. Herr Kruse würde ihn sofort entdecken. Er spitzte die Ohren. Kam der Wirt etwa die Treppe herunter?

Rasch schlüpfte er in die Ecke neben dem Kühlschrank. Nein, es war nur eine Katze, die leichtfüßig durch die Küche tippelte und durch die Katzenklappe nach draußen verschwand.

Das brachte Richard auf eine Idee. Für die Katzenklappe war er natürlich viel zu groß, aber direkt daneben war ein Gitter in die Wand eingelassen, durch das die Abluft der großen Spülmaschine nach draußen geleitet wurde.

Allerdings hatte Richard keine Ahnung, wie er das Gitter packen sollte, um es aus der Verankerung zu heben, denn für seine Finger waren die Maschen definitiv zu eng. Er ließ die Blicke durch die Küche schweifen. Die Suppenkellen!

Über dem Herd hingen allerlei Arbeitsgeräte, die am Ende des Griffes einen Haken hatten. Richard schnappte sich zwei Suppenkellen. Er hatte Glück: Die Haken waren nicht zu dick für das Gitter.

Mit einem Ruck hatte er das Gitter entfernt. Ob er dabei zu viel Krach gemacht hatte?

Aber er hatte keine Zeit zu überlegen. Vorsichtig stellte er das Gitter zur Seite, legte die Kellen auf den Boden, ließ sich auf die Knie nieder und schlüpfte, die Arme voran, durch das quadratische Loch. Gut, dass ich so schlank und geschickt bin, lobte er sich selbst in Gedanken. Womöglich wäre ich sonst stecken geblieben! Das hätte gerade noch gefehlt, dass ich Herrn Kruse um Hilfe rufen müsste!

Dennoch schürfte er sich den linken Arm am rauen Putz auf. Mit zusammengebissenen Zähnen rannte Richard geduckt Richtung Zufahrtsweg.

All seine Sinne waren jetzt hellwach. Doch hier draußen war niemand zu sehen. Nur die karierten Tischdecken flatterten leicht im Wind.

Ohne sich umzudrehen, rannte Richard, so schnell er konnte. Erst als er den Gasthof nicht mehr sehen konnte, blieb er einen Moment stehen, um zu verschnaufen. Die Schürfwunde am Arm brannte wie Feuer. Er beträufelte die Stelle mit Spucke, was aber nicht viel half.

Ängstlich warf er einen kurzen Blick zurück und stellte mit Erleichterung fest, dass ihm niemand gefolgt war. Keuchend setzte er seinen Weg fort. Was für ein Glück, dass sich der Nebel verzogen hat, dachte er.

Wie vom Teufel verfolgt, jagte Richard die Zufahrt entlang und entdeckte den zerbrochenen Stock, von dem Julius gesprochen hatte. Für den Bruchteil einer Sekunde passte er nicht auf und übersah eine Bodenkuhle, sodass er der Länge nach hinschlug. Beim Versuch, sich mit den Händen abzustützen, schürfte er sich nun auch noch beide Handballen auf.

Für einen Moment blieb Richard wie benommen sitzen. Wütend über sich selbst, betrachtete er seine Hände und musste plötzlich mit den Tränen kämpfen. War denn nicht alles schon schwierig genug? Musste er sich nun auch noch anstellen wie ein Tollpatsch? Wäre es Julius doch gelungen, Mutter den Namen des Gasthofes zu sagen, dann wäre Vater sicher längst hier und könnte helfen!

Ein dickes Kaninchen kam über den Weg gehoppelt, dicht gefolgt von drei winzig kleinen. Der

Anblick der Kaninchenbabys munterte Richard ein wenig auf. Seufzend rappelt er sich auf und setzte seinen Weg fort.

Bald kam auch schon das Auto in Sicht. Es stand noch immer unverändert am selben Ort. Dann hatte er die Straße erreicht, und mit einem Mal war ihm klar, warum bisher keine Gäste zur Moorklause gekommen waren. Jemand hatte über das Hinweisschild ein anderes Schild gehängt. *Heute geschlossene Gesellschaft*, stand darauf.

»Tolle geschlossene Gesellschaft!«, zischte Richard spöttisch. »Ich würde eher sagen *eingeschlossene* Gesellschaft!«

Er sah die Straße hinauf und hinab und versuchte, sich zu erinnern, in welcher Richtung der nächste Ort lag. Schließlich entschied er sich, rechts hinunterzulaufen, auch wenn sich in diese Richtung das Moor weiter erstreckte als in die andere.

Kein Auto war zu sehen, kein Motor zu hören.

Richard trabte los und versuchte, sich zu konzentrieren, um möglichst lange mit seinen Kräften Haus zu halten. Vier Schritte einatmen, vier Schritte aus –.

Die Worte des Wirtes klangen ihm in den Ohren nach. Bis zum nächsten Ort ist es zu Fuß zu weit.

Das hatte er doch sicher nur so gesagt, damit sie nicht wegliefen! Immer noch fragte sich Richard, warum Herr Kruse sie nicht fortlassen wollte. Und wo zum Teufel steckte dieser David?

Richard spürte, wie der Zorn ihm Antrieb verlieh und ihn schneller laufen ließ. Er versuchte, nicht an seine Schürfwunden zu denken, auch wenn dies schwer fiel, denn als er ins Schwitzen geriet, brannten sie nur noch mehr.

Plötzlich meinte er, einen Motor zu hören, und blieb stehen. Zuerst hörte er nur seinen eigenen, keuchenden Atem, doch nachdem er ein wenig zu Puste gekommen war, konnte er das Knattern deutlich vernehmen. Aber es klang merkwürdig. War das wirklich ein Auto?

Richard trabte weiter. Das Knattern wurde lauter, und dann erkannte er endlich, woher es stammte. Waldarbeiter waren dabei, mit einer Motorsäge die Bäume und Büsche am Straßenrand zurückzuschneiden. Da die Säge einen Höllenlärm verursachte und die Männer Gehörschutz trugen, bemerkten sie Richard erst, als er schon fast bei ihnen angekommen war.

»Nanu!«, sagte der Mann, der die Säge hielt, stellte den Motor ab und klappte das Visier seines

Schutzhelms hoch. »Heute rennen sie hier alle, als gäb's was zu gewinnen.«

»Wieso?«, fragte Richard verwirrt. »Ist hier denn eben schon mal jemand entlanggerannt?«

Der andere Waldarbeiter sah auf die Uhr. »Na ja, ein paar Stunden ist es sicher her. Aber gerannt ist der – mit Verlaub – noch schneller als du.«

»Wie sah er aus?«, fragte Richard ungeduldig.

»Es war ein junger Mann«, erklärte der Waldarbeiter. »Schlank, dunkle Haare.«

David!, dachte Richard. »Ist er auch in diese Richtung gelaufen?«

Der Mann nickte. »Aber wenn mich nicht alles täuscht, dann ist er in ein Auto gestiegen, das kurz danach hier vorbeigebraust ist. Obwohl er offenbar zuerst lieber weiterrennen wollte.«

»Wie meinen Sie das?«, fragte Richard.

»Na ja, er hat sich erst gesträubt einzusteigen«, meinte der Mann und winkte ab. »Aber ich hab da nicht weiter hingeschaut. Musste ja weiterarbeiten.«

Richard fand diese Geschichte sehr seltsam. Was hatte das zu bedeuten? »Hören Sie«, sagte er. »Ich müsste unbedingt mal telefonieren.«

Die Männer brachen in schallendes Gelächter aus, und der eine machte Anstalten, die Motorsäge wieder anzuwerfen. Aber Richard hob die Hand und bat ihn, noch einen Moment damit zu warten.

»Na hör mal, Junge«, sagte der ohne Säge grinsend. »Wo sollen wir denn hier im Wald ein Telefon herzaubern? Oder siehst du irgendwo eine Telefonzelle?«

Richard schüttelte verständnislos den Kopf. Hielten die Männer ihn denn für dumm? »Vielleicht hätten Sie aber die Möglichkeit, mich in den nächsten Ort zu fahren? Es ist wirklich dringend!«

Die Männer warfen sich amüsierte Blicke zu.

»Was hast du denn? Hast du Angst, dass dieser Typ von vorhin mit deiner Freundin durchbrennt?«, sagte der Mann mit der Säge und schlug sich auf den Schenkel.

Richard spürte, wie ihm das Blut ins Gesicht schoss. »Das ist jetzt wirklich zu kompliziert zu erklären. Es geht um ein Verbrechen!«

»Hat der Knilch von vorhin am Ende was geklaut?«, fragte der andere und zeigte mit dem Daumen über seine Schulter.

Ungeduldig stampfte Richard mit dem Fuß auf. »Was ist denn nun? Können Sie mich fahren oder nicht?«

Der Mann mit der Säge wies mit dem Kopf zu einem Baum, der einige Meter entfernt stand. An dem dicken Stamm lehnten zwei Fahrräder. Eines davon hatte einen Anhänger.

So ein Pech!, dachte Richard und hob die Hände zu einer hilflosen Geste. »Aber dann können Sie mir vielleicht eins der Räder leihen? Ich bringe es auch garantiert zurück. Bitte!«

Der Waldarbeiter ohne Säge kratzte sich am Kopf. »Also, ich weiß nicht. Wer garantiert mir denn, dass du mir mein Rad zurückbringst?«

Richard zuckte die Schultern. »Ich kann ihnen lediglich mein Ehrenwort geben. Tut mir leid.«

Doch dann hatte er eine Idee: Er zog seine Taschenuhr heraus, die mit einer Uhrkette an der Gürtelschlaufe befestigt war. »Ich schlage Ihnen ein Geschäft vor. Ich lasse Ihnen meine Uhr als Pfand da. Sie ist wertvoll, also gehe ich das größere Risiko ein. Wenn ich das Rad zurückbringe, geben Sie sie mir wieder.«

Richard löste die Uhr von der Hose und reichte sie dem Waldarbeiter. Dieser drehte sie in der Hand und nickte schließlich. »Es scheint dir ja wirklich sehr wichtig zu sein. Also gut, nimm das Rad, aber bring es rechtzeitig wieder. In zweieinhalb Stunden machen wir Feierabend.«

Richard atmete auf. »Bis dahin müsste ich längst zurück sein. Danke.«

Dann schnappte er sich das Fahrrad, schwang sich in den Sattel und trat in die Pedale, so fest er konnte. Schon bald merkte er, dass er, sollte es hart auf hart kommen, ein sehr schlechtes Geschäft gemacht hatte, denn das Fahrrad war beinahe schrottreif und sicher keinen Pfifferling mehr wert.

Sei's drum, dachte Richard, darauf kann ich jetzt keine Rücksicht nehmen. Was ihm mehr Sorge bereitete, war die Tatsache, dass sich eines der Pedale zu lösen schien. Knack-klack, knarrte es bei jedem Tritt. Richard warf einen besorgten Blick auf die Straße vor sich, die sich scheinbar endlos durch das Moor zu ziehen schien.

Beinahe wollte ihn der Mut verlassen, als sich auch noch heftige Seitenstiche einstellten. Das Herz klopfte ihm bis zum Hals.

Erleichtert stöhnte Richard auf, als er durch die Bäume endlich die Dächer des Ortes erkannte.

Keuchend hastete er die Stufen zum Postamt hinauf, stürzte in die Telefonzelle und wählte die Nummer von zu Hause.

Doch es nahm niemand ab.

Ein Weg hinaus

Georg lag rücklings auf dem Bett und hatte die Hände hinter dem Kopf verschränkt, während Julius und Anne im Schneidersitz auf dem Bettvorleger hockten. Nur Tim hatte keine Ruhe und lief schnüffelnd vor der verschlossenen Etagentür hin und her.

»Ich verstehe das Ganze immer noch nicht«, sagte Anne zum wiederholten Mal. »Warum soll das für uns besser sein, hier eingeschlossen zu sein?«

»Die Antwort kann nur lauten, dass Herr Kruse uns vor irgendwas schützen will«, erklärte Julius sachlich.

Georg verzog den Mund. »Na ja, Tatsache ist, dass er uns davon abhalten wollte, weiter nach David zu suchen. Deshalb wollte er auch nicht, dass wir wieder in den Wald gehen, so eindringlich, wie er uns immer wieder eingeschärft hat, beim Haus zu bleiben.«

»Fragt sich nur, warum«, führte Julius den Gedanken weiter. »Schließlich hat er uns heute Morgen noch darin bestärkt und uns die Karte gegeben. Irgendetwas muss vorgefallen sein, als wir im Moor waren. Aber was?«

Anne strich mit dem Zeigefinger über die Teppichfransen. »Vielleicht hat es ja was mit dem Auto zu tun. Oder bestimmt sogar. Was sollte Herr Kruse sonst für einen Grund haben abzustreiten, dass da überhaupt ein Auto gewesen ist?«

Das war das Stichwort für Georg, aus dem Bett zu springen. »Fragen wir ihn doch einfach!«

Damit marschierte sie entschlossenen Schrittes an den anderen vorbei zur Flurtür und schob Tim sanft zur Seite.

»Herr Kruse!«, rief sie und schlug mit der flachen Hand auf das Türblatt. »Herr Kruse, sind Sie da?«

Niemand antwortete. Georg legte das Ohr an die Tür und hörte etwas rascheln.

»Ich weiß, dass Sie da vor der Tür sind. Sagen Sie uns endlich, warum Sie uns hier eingesperrt haben und warum Sie unbedingt wollten, dass wir beim Haus bleiben. Sagen Sie uns, warum sie abgestritten haben, dass ein Auto hier gewesen ist. Und sagen Sie uns endlich, was sie mit Davids Verschwinden zu tun haben.«

Wieder kam keine Antwort.

Georg spürte heftige Wut in sich aufsteigen. »Herr Kruse, ich warne Sie, wenn Sie uns nicht endlich sagen, was das alles soll, dann schlagen wir hier alles kurz und klein.«

Sie zwinkerte den anderen zu. Es war sicher schlau, den Wirt in dem Glauben zu bestärken, Richard wäre bei ihnen. »Und die beiden Jungs haben Bärenkräfte, sage ich Ihnen. Richard kann sogar Karate.«

Das hatte gewirkt!

»Nein, nein!«, jammerte Herr Kruse. »Tut das nicht! Bitte! Ihr müsst mir glauben, dass ich nichts dafür kann. Und mit dem Verschwinden eures Fahrers habe ich wirklich nichts zu tun! Ich schwöre es.«

»Pah!«, zischte Georg. »Und das sollen wir Ihnen glauben?«

»Bitte, ich werde euch später alles erklären können, wenn … also, wenn …« Die Stimme des Wirtes klang immer weinerlicher. »Um Himmels willen, verhaltet euch doch bitte ruhig!«

»Also, ich glaube ihm«, flüsterte Anne. »Er ist selbst in großer Not, merkt ihr das denn nicht?«

»Ja und?«, fauchte Georg. »Das kann uns doch egal sein. Sollen wir jetzt etwa klein beigeben und versprechen, dass wir hier brav auf unserem Popo sitzen, bis wir schwarz werden?«

Julius fasste Georg bei der Schulter und zog sie von der Tür weg. Dann rief er: »Ist in Ordnung, Herr Kruse. Wir verhalten uns ein Weilchen ruhig. Aber glauben Sie nicht, dass wir viel Geduld aufbringen.«

»Aber …«, wollte Georg eben protestieren. Doch Julius hielt sich den Zeigefinger vor den Mund und schob sie in das Zimmer der Mädchen zurück.

»Du glaubst doch wohl nicht, dass wir auch nur einen Schritt weiterkommen, wenn wir hier sitzen und Däumchen drehen!«, maulte Georg vorwurfsvoll.

Julius schüttelte den Kopf. »Natürlich nicht, Georg. Das ist nie unsere Art gewesen, das ist doch klar. Aber es kann nicht schaden, wenn der Knilch da etwas anderes glaubt. Wir können zumindest so tun, als ob. Und in der Zwischenzeit schauen wir, ob es nicht doch irgendeine Möglichkeit gibt, hier auf einem anderen Weg herauszukommen. Los, nehmen wir noch mal jedes der Fremdenzimmer genau unter die Lupe.«

Anne seufzte. »Hoffentlich gelingt es Richard, Hilfe zu holen.«

Julius und die Mädchen bewegten sich fast lautlos durch die Räume, damit Herr Kruse nichts mitbekam. Dass dieser immer noch vor der Tür hockte, war ihnen klar, denn Tim schnüffelte an der Türritze, als ob auf der anderen Seite ein geräucherter Schinken auf ihn wartete.

Anne verließ schnell der Mut. Die Zimmer glichen sich wie ein Ei dem anderen. Einige hatten ein Einzelbett, andere zwei oder ein Doppelbett – das war der einzige Unterschied. Auf der einen Seite gab es mitten im Raum dicke Stützbalken aus Eichen, die dem Raum etwas Heimeliges verliehen. Anne erkannte schöne Schnitzereien im Holz, Vögel, Blätter, Blüten, aber auch lustige Fratzen mit hervorstehenden Nasen. Auch die Fenster waren alle gleich: schmale Kippfenster, die direkt auf das Dach führten. Es gab keinen einzigen Balkon, nicht mal eine Gaube. Es war einfach aussichtslos!

Anne zuckte zusammen, als Georg ihr plötzlich auf die Schulter tippte. Sie hatte sie gar nicht kommen hören, so leise war sie geschlichen.

Georg machte ihr ein Zeichen, ihr zum Ende des Ganges zu folgen, wo Julius bereits in einem der Eckzimmer wartete.

Georg schloss leise die Tür. »Du weißt doch, dass

Herr Kruse vorhin in diesem Schuppen verschwunden ist, nicht wahr? Ich hatte mir überlegt, dass der Schuppen direkt unter diesem Zimmerfenster sein muss. Also habe ich es gewagt, mich ziemlich weit aus dem Fenster hier zu lehnen.«

Anne warf einen ungläubigen Blick auf das Kippfenster. »Ein Wunder, dass du nicht stecken geblieben bist, ganz zu schweigen davon, dass es gefährlich war.«

Georg winkte ab. »Aber es hat sich gelohnt. Ich konnte tatsächlich über die Dachrinne hinwegschauen und habe dabei das Dach von diesem Schuppen gesehen.«

Anne verstand nicht sofort, worauf Georg hinauswollte. »Und?«

Georg tippte ihr an die Stirn. »Das heißt, wenn wir es schaffen wollen, hier herauszukommen, dann durch dieses Fenster.«

Anne riss die Augen auf. »Aber das ist immer noch viel zu hoch! Wie soll das gehen?«

»Georg hat recht«, sagte Julius. »Es ist unsere einzige Chance. Von diesem Fenster aus können wir auf das Schuppendach gelangen. Das spart uns einige Meter in die Tiefe.«

»Passt auf, ich habe mir Folgendes gedacht«,

zischte Georg. »Ich habe kein Seil oder etwas in der Art hier oben gefunden. Also ziehen wir von den Betten die Laken ab und knoten sie aneinander. Wir machen sie an dem Eichenbalken fest und seilen uns aus dem Fenster ab.«

Anne kicherte, obwohl ihr bei dem Gedanken gar nicht zum Lachen zumute war. »Wie bei einem echten Gefängnisausbruch.«

»Na ja, wenn man es genau nimmt, ist es ja auch nichts anderes«, stellte Julius fest.

Georg klatschte lautlos in die Hände. »Also los, machen wir uns an die Arbeit. Wir haben keine Zeit zu verlieren.«

Zufrieden stellte Anne fest, dass es sich bei den Bettlaken um gute Leinenware handelte. Da brauchten sie keine Sorge zu haben, dass etwas reißen könnte. Dennoch wurde ihr ganz mulmig bei dem Gedanken, aus solcher Höhe in die Tiefe klettern zu müssen, ohne dass sie dabei ihre Füße auf sichere Leitersprossen setzen konnte.

Sehnsüchtig dachte sie an zu Hause. Die Eltern machten sich sicher inzwischen große Sorgen. Wie gern würde sie jetzt mit ihrer Mutter bei Tee und Apfelkuchen zusammensitzen.

Anne seufzte und raffte mehrere Laken zusammen, um sie zu Georg zu tragen. Sie musste sich jetzt zusammennehmen.

Ihre Cousine hockte auf dem Boden und knotete die Laken aneinander. »Wir müssen noch mehr Knoten hineinmachen, dann ist es leichter, daran hinabzuklettern. Allerdings heißt das auch, dass wir noch mehr Laken brauchen. Sind noch welche da?«

Anne legte die Laken auf den Boden. »Diese sind die letzten. Hoffen wir, dass es reicht.«

Julius überprüfte jeden Verbindungsknoten und machte sich dann daran, das eine Ende an dem Balken zu befestigen.

Anne löste die Bänder, mit denen die Vorhänge zurückgebunden wurden, und reichte sie ihrem Bruder. »Hier. Sie sind nicht lang, aber stabil. Damit kannst du den Knoten noch verstärken.«

Schließlich zogen sie gemeinsam, so fest sie konnten, an der Bettlakenschlange.

»Das hält garantiert«, stellte Julius fest. »Los, werfen wir das andere Ende aus dem Fenster. Und dann heißt es Daumen drücken, dass es bis zum Schuppendach reicht.«

Sie zogen einen kleinen Tisch herbei, von dem aus sie das Fenster problemlos erreichen konnten. Julius wollte es als Erster wagen, doch zunächst hatte er keine Ahnung, wie er durch das Fenster gelangen sollte. Erst probierte er es mit dem Kopf voran, musste aber sogleich einsehen, dass er sich so nie durch die Öffnung winden konnte.

»Mist!«, fluchte er. »Wäre ich doch ein bisschen kleiner und zierlicher.«

»Versuche es mit den Füßen zuerst«, schlug ihm Georg vor. »Wir helfen dir.«

Wenn ein unbeteiligter Beobachter gesehen hätte, wie Julius sich mit den Händen auf den Tisch stützte und dann rücklings mit den Füßen an der Wand hochlief, hätte er sich sicher gewundert, was hier vor sich ging. Schließlich war Julius in der richtigen Position, und Anne und Georg bugsierten ihn mit vereinten Kräften hoch, sodass er schließlich rückwärts durch das Fenster schlüpfen konnte.

»Au!«, stöhnte Julius, als er sich schließlich von außen am Fenster festkrallte. »Morgen habe ich bestimmt jede Menge blaue Flecken.«

»Pst, sei doch leise!«, mahnte Georg, die den Kopf zum Fenster hinausstreckte, um zu sehen, wie Julius sich nun vorsichtig abseilte. Kurz darauf erreichte er die Dachrinne. Von da an ging es steil bergab, und er musste versuchen, sich mit den Füßen an der Hauswand abzustützen. Zuletzt sah Georg noch seinen blonden Haarschopf, dann war er aus ihrem Blickfeld verschwunden.

Plötzlich ging ein Ruck durch das Bettlakenseil. Georg erschrak heftig. Was war passiert?

Doch zu ihrer Erleichterung hörte sie Anne leise kichern. »Huch, ich glaube, da ist gerade eine Nase abgebrochen.«

Georg schlüpfte mit dem Oberkörper zurück ins Zimmer. »Eine Nase?«

»Ja!« Anne zeigte auf die Schnitzereien am Holzbalken. »Da, von einer der Fratzen. Der Druck durch das Laken war zu groß.«

Georg grinste. »Na, wenn es schlimmer nicht ist. Wir können sie ja später wieder ankleben, wenn alles überstanden ist. So, und nun du, Anne.«

Anne war mächtig aufgeregt, als Georg ihr die Räuberleiter hielt, damit sie durch das Fenster klettern konnte. Sie hatte nicht die Probleme, die Julius gehabt hatte. Jetzt kam ihr ihre zierliche Gestalt zugute!

Wenige Sekunden später hockte Anne auf den Dachziegeln und ihre Finger krallten sich um das Laken. Sie traute sich nicht hinunterzuschauen und ihr Herz vollführte einen wahren Trommelwirbel. Ein heftiges Kribbeln in der Magengegend stellte sich ein, als sie nun rückwärts, Zentimeter für Zentimeter, auf dem Dach nach unten krabbelte. Dann hatte sie die Dachrinne erreicht.

»Nur nicht nach unten sehen! Nur nicht nach unten sehen!«, flüsterte Anne vor sich hin.

Für einen Moment geriet sie in Panik, als ihre Füße nach der Hauswand tasteten, aber keinen Halt fanden. Sie versuchte, die Füße um das Laken zu schlingen, aber auch das wollte ihr nicht gelingen.

Mit Sorge beobachtete Julius von seinem sicheren Platz auf dem Schuppendach aus, wie seine kleine

Schwester verzweifelt versuchte, irgendwo mit ihren Füßen Halt zu finden. Ihre Fußspitze verfehlte die Mauer immer nur um wenige Zentimeter.

Julius ballte die Fäuste. Wenn er ihr doch nur zurufen könnte, was sie tun sollte! Aber dann hätte der Wirt ihn gehört und alles wäre umsonst gewesen!

Doch da! Erleichtert atmete er auf. Anne hatte mit der Fußspitze ein Stückchen Wand erwischt und traute sich nun, sich ein bisschen mehr durchhängen zu lassen. So konnte sie sich schließlich mit den Füßen an der Wand abstoßen. Ihre Hände hielten das Laken fest umklammert, während sie sich Stückchen für Stückchen herunterließ.

Wenn nur die Kräfte sie nicht verlassen!, dachte Julius.

Aber Anne hielt durch. Wie gut, dass Georg daran gedacht hatte, so viele Knoten in die Laken zu machen!

»War gar nicht so schwer!«, flüsterte sie, obwohl sie es am liebsten laut verkündet hätte, so stolz war sie auf sich selbst.

Julius klopfte ihr auf die Schulter. »Gut gemacht, kleine Schwester«, lobte er. »Aber jetzt geh in Deckung, damit dich keiner sieht.«

Anne ließ sich vorsichtig auf alle viere nieder und kauerte sich neben ihrem Bruder klein wie ein Häschen zusammen. Sie spähten hinauf zum Dach und warteten darauf, dass nun auch Georg sich abseilen würde. Das Fenster konnten sie von ihrer Position aus nicht sehen.

Doch eine ganze Weile geschah gar nichts.

»Wo bleibt sie denn?«, zischte Anne.

Julius zuckte die Schultern. »Georg ist doch immer wieder für eine Überraschung gut. War die Sache mit dem Abseilen nicht ihre Idee gewesen? Und nun kommt sie selber nicht!«

Die Geschwister stutzten, denn plötzlich bewegte sich das Bettlakenseil heftig. Aber Georg hangelte sich keineswegs hinunter, sondern zog die Laken hinauf!

»Julius, was macht sie denn jetzt?«, rief Anne, so laut sie sich traute.

»Ich habe keine Ahnung.« Julius kratzte sich an der Schläfe, als seine Aufmerksamkeit auf eine schlanke Katze gelenkt wurde, die über den Hof flitzte. »Oder doch … Eine Ahnung habe ich schon …«

»Mach's nicht so spannend!«, schimpfte Anne flüsternd. »Was meinst du?«

»Anne, wir haben Tim vergessen!«

Tatsächlich war Georg keineswegs bereit, das Haus zu verlassen, ohne Tim mitzunehmen. Kaum war Anne durch das Fenster verschwunden, da durchfuhr es Georg plötzlich wie ein Blitz. Sie hatten sich noch gar keine Gedanken darüber gemacht, wie sie Tim hinunterkriegen sollten! Ihn zurückzulassen kam wirklich nicht infrage. Herr Kruse hätte ihn sicher als Geisel behalten!

Doch dann kam Georg die rettende Idee. Sie schlich in das Zimmer der Mädchen, packte ihre Reisetasche und kippte den gesamten Inhalt kurzerhand auf ihrem Bett aus.

Ein leises »Zzzt!« genügte und Tim folgte ihr.

»Es tut mir leid, Timmi«, flüsterte Georg. »Jetzt wird es ziemlich unbequem für dich, aber es geht nicht anders. Du musst in diese Tasche steigen.«

Dann zog sie die Laken hoch und knotete die Tasche an das andere Ende. Georg biss die Zähne zusammen. Die Tasche durch die Fensterluke zu bugsieren, erforderte all ihre Kraft. Immerhin war Tim ein großer Hund und hatte ein ordentliches Gewicht. Zum Glück hielt er still. Er ahnte wohl, dass das besser so war. Schließlich vertraute er seinem Frauchen!

Keuchend und schnaufend hielt Georg die Tasche einen Moment fest, bevor sie sie langsam über die Dachziegel hinabrutschen ließ.

Plötzlich stockte die Tasche, das Lakenseil hing durch.

»Verflucht!«, zischte Georg, als ihr bewusst wurde, dass die Tasche in der Dachrinne hängen geblieben war.

Georg zog sie noch einmal ein Stückchen hoch und ließ die Tasche dann ein bisschen schneller hinab. Es gelang! Holpernd rutschte die Tasche über die Rinne hinaus. Doch jetzt hatte Georg alle Mühe, sie wieder zurückzuhalten, damit Tim nicht in die Tiefe stürzte.

Sie konnte das Laken kaum noch halten. Ihre Hände brannten wie Feuer! Endlich gab das Seil nach. Offenbar hatten Julius und Anne die Tasche unten in Empfang genommen.

Georg war unendlich erleichtert. Ein kurzes Zucken am Seil war für sie das Zeichen, dass die Tasche abgeknotet und Tim in Sicherheit war.

Nun brauchte nur noch sie selbst hinabzuklettern. Hinab in die Freiheit!

Doch leichter gesagt als getan. Es war gar nicht so einfach, ohne Hilfe durch das Fenster zu gelangen, zumal Georgs Arme von der Kraftanstrengung heftig zitterten.

Nachdem sie sich mit größter Mühe durch das Fenster gestemmt hatte, musste sie zuerst einen Moment verschnaufen, bevor sie es wagte, den Weg nach unten anzutreten.

Auch wenn ihr sonst vor Kletterabenteuern nicht bange war, hatte sie jetzt doch ein mulmiges Gefühl, denn ihre Oberarme fühlten sich mittlerweile an wie Pudding.

Georg holte tief Luft. Es nutzte nichts. Sie musste es wagen!

Julius und Anne hielten es für besser, Tim zunächst in der Tasche zu lassen, denn schließlich mussten sie ihn auch noch vom Dach des Schuppens hinunterhieven. Aber sie öffneten den Reißverschluss wenigstens ein Stückchen.

Anne steckte die Hand in die Tasche und wuschelte Tim über den Kopf. »Du musst leider noch ein wenig Geduld haben, mein Lieber.«

»Da!«, zischte Julius, als er sah, wie sich zwei Beine über die Dachkante schoben. »Da kommt sie endlich. Wurde auch Zeit.«

Gebannt starrten die Geschwister nach oben und beobachteten jede Bewegung ihrer Cousine, als

Anne plötzlich aus dem Augenwinkel heraus eine Bewegung wahrnahm. Vom Moor her kamen zwei Männer über die Wiese gelaufen!

Aufgeregt stieß sie Julius den Ellenbogen in die Seite. »Da kommt jemand!«

»Verdammt!« Julius schaute von den Männern zu Georg und wieder zu den Männern und versuchte abzuschätzen, ob Georg es schaffen konnte, ungesehen das Schuppendach zu erreichen, bevor die Männer bei der Moorklause ankamen. Sie konnten ihr nicht einmal eine Warnung zurufen, ohne die Aufmerksamkeit auf sich zu ziehen. Und Georg selbst hatte die Männer bestimmt nicht entdeckt, da sie das Gesicht dem Haus zugewandt hatte.

Julius und Anne hielten den Atem an. Georg musste es schaffen!

Die Bande

Georgs Füße hatten das Schuppendach kaum berührt, da wurde sie von vier Händen gepackt und auf die Knie gezogen. Sie wollte schon protestieren, als Julius ihr ein Zeichen machte, ja still zu sein und sich zu ducken. Gerade kamen zwei Männer um die Hausecke gelaufen!

Georg warf einen besorgten Blick auf die zusammengeknoteten Bettlaken, die sich hell vom roten Klinker der Moorklause abhoben, und spürte Panik in sich aufsteigen. Nun waren sie so weit gekommen. Aber was nützte ihnen das, wenn die Männer die Laken entdeckten!

Doch die beiden diskutierten heftig miteinander und gestikulierten dabei wild mit den Armen. Sie hatten gar keinen Blick für das, was um sie herum geschah.

Die Freunde fingen nur Satzfetzen auf. »… soll sich warm anziehen!«, »… wenn David meint, er könnte uns an der Nase herumführen …«, »Wenn wir die Brut erst mal in den Fängen haben …«

Die Freunde duckten sich ganz tief auf das Dach und wagten es kaum, über den Rand zu spähen.

Das waren zwei zwielichtige Gestalten, die jetzt vor dem Seiteneingang standen und mit den Fäusten gegen die Tür trommelten!

»Mach auf, Kruse!«, brüllte der eine. »Aber ein bisschen dalli!«

Gleich darauf wurde die Tür geöffnet und leise war die Stimme des Wirts zu hören. Die Freunde konnten nicht verstehen, was er sagte, doch seine Stimme klang verängstigt. Dann waren die Männer im Schankraum verschwunden.

»Wir müssen herausfinden, was die hier wollen!«, zischte Julius.

»Vor allem aber, was die von *uns* wollen«, sagte Georg. »Mit ›Brut‹ können die doch nur uns gemeint haben!«

Die drei hatten ein weiteres Mal Glück. Nachdem sie vom Schuppendach geklettert waren und Tim aus der Reisetasche befreit hatten, sahen sie, dass die Männer noch immer im Schankraum standen. Da es so warm war, waren die Fenster des Schankraums gekippt. Unter einem gingen die Freunde auf Horchposten. Hoffentlich hatten sie noch nicht zu viel von dem Gespräch verpasst!

Drinnen ging es hitzig zu. Den Kindern war schnell klar, worum es ging: Herr Kruse sollte sie den Männern ausliefern. Doch er schien sich zu weigern.

»Es war nur abgemacht, dass ich die Kinder hier festhalten soll!«, verteidigte sich der Wirt. »Davon, dass ihr sie mitnehmen wollt, war nie die Rede!«

»Dann haben sich die Dinge eben geändert«, knurrte einer der Männer und trat dicht an den Wirt heran. »Der liebe David weigert sich, uns die Informationen zu geben, die wir haben wollen. Los jetzt, wir brauchen die Kinder als Druckmittel.«

Der andere kicherte. »Pah, David bezweifelt, dass sie in unserer Gewalt sind. Er sagt, sie seien viel zu schlau, um sich fangen zu lassen.«

Der erste fuhr den anderen an. »Das tut doch jetzt nichts zur Sache!«

»Aber …«, protestierte Herr Kruse. Doch nun wurde er am Kragen gepackt.

»Nichts aber! Du holst jetzt die Kinder, aber flott!«

»Du weißt, was passiert, wenn du nicht tust, was wir sagen!«, schnauzte der andere.

Anne musste schlucken. Hatte sie es doch gewusst, dass der Wirt es eigentlich ehrlich mit ihnen meinte. Er stand selbst unter Druck. Auf irgendeine Weise hatten die Ganoven ihn in der Hand.

Schließlich setzten die Männer sich in Bewegung.

Die Freunde blickten sich gegenseitig an. Jetzt hieß es verduften, und zwar so schnell die Füße sie trugen!

Geduckt rannten sie an der Rückseite des Hauses entlang Richtung Wald. Sie hofften, dass sie vom Schankraum aus nicht zu sehen waren. Julius hatte Anne bei der Hand gepackt und zog sie so schnell mit sich, dass sie das Gefühl hatte, ihre Füße würden vom Boden abheben. Erst als sie das schützende Gebüsch am Waldrand erreicht hatten, wagten es die Kinder, kurz zu verschnaufen und einen Blick zurückzuwerfen.

»Da, jemand holt unser Bettlakenseil ein!«, rief Georg. »Unsere Flucht ist entdeckt!«

»Dann sollten wir zusehen, dass wir weiterkommen!«, sagte Julius.

Anne lehnte sich an einen Baum. Sie war von dem schnellen Laufen etwas benommen. »Aber wo sollen wir denn hin?«

Georg machte ein nachdenkliches Gesicht. »Hm, also wenn ich das eben richtig interpretiert habe, dann halten diese Männer David irgendwo fest und wollen Informationen von ihm. Ich habe da so eine

Ahnung, wo sie ihn gefangen halten könnten. Hoffentlich finde ich die Stelle wieder.«

Anne seufzte. Eigentlich fühlte sie sich viel zu erschöpft, um weiterzulaufen, aber was blieb ihr anderes übrig? Außerdem musste sie zugeben, dass Georg mit ihrer Ahnung meist richtig lag.

»Was meinst du?«, fragte Julius. »Wo willst du hin?«

»Zu den alten Moorstecherkaten«, zischte Georg. »Warum sollte Herr Kruse uns sonst solche Schauermärchen erzählen, damit wir nicht dorthin gehen? Wahrscheinlich hat er gewusst, wo die Ganoven David festhalten.«

Anne schüttelte den Kopf. »Ich versteh das alles immer noch nicht.«

»Bestimmt sind wir schlauer, wenn wir David gefunden haben«, sagte Georg mit entschlossener Miene. »Und Herr Kruse ist uns sowieso noch ein paar Antworten schuldig.«

»Außerdem frage ich mich, wo Richard wohl abgeblieben ist«, sagte Anne besorgt. »Was ist, wenn er zur Moorklause zurückkehrt und den Verbrechern direkt in die Arme läuft?«

Georg zuckte die Schultern. »Darauf können wir jetzt echt keine Rücksicht nehmen. Hoffen wir, dass

Richard so schlau ist, nicht ohne Hilfe zurückzukehren. Kommt, versuchen wir unser Glück.«

Georg war sich keineswegs sicher, dass sie den Weg zu den Katen wiederfinden würde. Auf den Wanderweg, der mit den gelben Quadraten markiert war, stießen sie schnell. Aber wo war nur die Stelle gewesen, an der sie falsch abgebogen waren und den Weg verlassen hatten?

»Mist, dass wir nicht mal die Karte dabeihaben«, fluchte sie vor sich hin.

Jetzt, wo der Nebel sich verzogen hatte, sah alles ganz anders aus. Die Abstände zwischen den Bäumen wirkten plötzlich viel größer, der Weg viel breiter und das Moor schien erfüllt von Leben und Geräuschen zu sein. Georg überlegte und zögerte mit jedem Schritt, und der Gedanke, dass sie sich beeilen mussten, weil die Entführer ihnen auf den Fersen waren, machte die Sache nur noch schwerer. Die Ganoven kannten schließlich den Weg und waren daher schneller, wenn sie auch nicht wussten, dass die Kinder ebenfalls auf dem Weg zu den alten Torfstecherquartieren waren.

Georg spürte, wie ihr der kalte Schweiß durch die Poren drang, so aufgeregt war sie. Alles hing von ihr ab.

»Hier ist es!«, rief sie plötzlich aufgeregt. Ja, sie erkannte die Stelle, an der der Wanderweg als schmaler Pfad geradeaus weiterführte und von einem anderen, breiten Weg gekreuzt wurde. »Hier sind wir fälschlicherweise links abgebogen und auf den vermeintlichen Bären gestoßen. Also, biegen wir hier ab und hoffen, dass ich recht habe!«

Tim schnüffelte aufgeregt über den Boden. An dieser Stelle gab es wohl allerlei zu erkunden! Waren hier tatsächlich eben Menschen entlanggelaufen?

»Da ist das große Matschloch!«, sagte Georg halb flüsternd. »Jetzt ist es nicht mehr weit.«

Dann kam die erste Kate in Sicht. Georg war es ein bisschen peinlich, denn nun, wo der Nebel sich verzogen hatte, sah der Erdhügel in keiner Weise mehr aus wie ein sich duckender Bär. Julius und Anne warfen sich belustigte Blicke zu, aber sie verkniffen sich eine Bemerkung. Schließlich hatten sie Wichtigeres zu tun.

»Ich werd verrückt!«, wisperte Anne und zeigte auf den Boden. Halb von einem frischen Schuhabdruck in den weichen Boden gedrückt, lag da ein weiteres Kaugummipapier. Julius fischte den kleinen Propeller mit spitzen Fingern aus der schlammigen Erde.

Georg schlug sich mit der Faust in die hohle Hand. »Hatte ich also doch recht!«

Witternd hielt Tim die Nase in die Luft und stellte die Nackenhaare auf.

Julius hielt ihn am Halsband zurück. »Passen wir besser auf. Ich glaube kaum, dass die Männer ihren Gefangenen ohne Bewachung zurückgelassen haben.«

Georg tippte Tim leicht auf die Schnauze. »Nicht knurren, Tim, sonst verrätst du uns.«

Sie schlichen in einem weiten Bogen um die winzige Kate herum. Erst von der anderen Seite, an der sich auch der Eingang befand, konnte man erkennen, dass es sich um eine Hütte handelte. Es lugte tatsächlich nur die obere Spitze aus dem Erdreich, der untere Teil verschwand im Boden wie eine Höhle. Georg kam es in den Sinn, dass diese Behausung in solch einer morastigen Gegend doch ganz schön feucht sein musste. Gemütlich war das sicher nicht, zumal es nur eine winzige Luke gab, durch die Tageslicht ins Innere dringen konnte. Damals war man wahrscheinlich froh gewesen, nach der Arbeit im Moor überhaupt ein Dach über dem Kopf zu haben.

Vermutlich hatte man in der winzigen Behausung sogar ein kleines Feuer gemacht, denn in der Mitte des Daches befand sich eine Öffnung, die wie ein Rauchabzug aussah. Dennoch, bei dem Gedanken, dass in solch einem kleinen Raum auch noch ein Feuer brannte, musste Georg beinahe husten.

Plötzlich tat sich etwas! Die Kinder sahen, wie von der anderen Seite ein Mann aus den Büschen kam und vor der Kate Posten bezog. Er schlug mit der Faust an die windschiefe Tür und brüllte: »Na, David, setzt du dadrin schon Schimmel an? Besser, du sagst uns, wo du die Kohle versteckt hast, bevor die Maden über dich herfallen. Ha!«

Maden! Anne fasste sich an den Hals. Ihr wurde übel bei dem Gedanken, wie die kleinen Viecher sich aus der Erde wanden. Der arme David war tatsächlich in dem finsteren Erdloch eingesperrt!

»Was hat er da gesagt?«, flüsterte Julius beinahe lautlos. »Er soll sagen, wo die Kohle versteckt ist? Was meint er wohl damit?«

Georg tippte sich an die Schläfe. »Du wirst doch wohl wissen, was er mit ›Kohle‹ meint! Kröten, Silberlinge, Zaster, na, Geld eben.«

Julius verdrehte die Augen. »Natürlich weiß ich, dass er Geld meint! Aber was für Geld?«

»Woher soll ich denn das wissen?«, zischte Georg leise. »Vielleicht hat er die Kerle da bestohlen?«

»Ich glaube nicht, dass unser David ein Verbrecher ist«, wisperte Julius.

Aber allen dreien ging durch den Kopf, dass sie sich schon oft in vermeintlich netten und harmlosen Menschen getäuscht hatten, die es letztendlich faustdick hinter den Ohren gehabt hatten.

»Die Frage ist, was wir jetzt machen«, brachte Julius es auf den Punkt. »Sollen wir versuchen, David zu befreien?«

Georg nickte heftig. »Natürlich tun wir das! Mit dem einen Knilch werden wir doch spielend fertig. Außerdem haben wir Tim dabei!«

Schon wollte Georg sich näher an die Kate schleichen, als Julius sie zurückhielt. »Du hast die anderen beiden vergessen, die können jeden Moment hier sein.«

Georg riss sich los. »Dann müssen wir uns eben beeilen. Wenn die erst mal hier sind, haben wir keine Chance mehr.«

Anne schickte ein Stoßgebet zum Himmel, als sie sah, wie Georg mit Tim aus dem Gebüsch sprang und auf die Kate zujagte, wo der Mann völlig überrascht aufsprang und dabei das Gleichgewicht verlor.

Hoffentlich kamen die anderen Männer nicht so schnell zurück, sondern suchten in einer anderen Richtung nach den geflohenen Freunden!

Tim hatte sofort begriffen, worum es ging, und war auf den Mann zugestürzt, der nun auf seinem Hinterteil saß und sich schützend den Arm vor den Kopf hielt. Knurrend blieb Tim vor ihm stehen.

»Da unten kannst du gut hocken bleiben!«, fauchte Georg den Mann an. »Du bist mir ja ein toller Wachmann! Ich werde jetzt die Tür da öffnen und David aus der Hütte befreien. Ich rate dir, dich nicht von der Stelle zu bewegen, wenn du nicht möchtest, dass mein lieber Hund dir seine Zähne ins Sitzfleisch gräbt.«

»Ihr … Aber warum seid ihr nicht …«, stammelte der Mann. Die Angst vor Tims gefletschten Zähnen stand ihm ins Gesicht geschrieben.

»Warum wir nicht gekidnappt und gefangen sind?«, fragte Georg und stemmte sich die Fäuste in die Seite. »Pah! Uns nimmt man nicht so leicht als Geisel, da hättet ihr schon früher aufstehen müssen.«

Julius und Anne, die jetzt direkt hinter Georg standen, amüsierten sich über ihre dreiste Art. Das geschah diesem Ganoven nur recht, dass er sich jetzt wie ein Wurm auf dem Boden wand.

Entschlossenen Schrittes stiefelte Georg auf die verschlossene Hütte zu. »So, und jetzt lass ich den armen David endlich raus.«

David ruckelte mittlerweile von innen an der Tür. »Kinder, seid ihr das? Gott sei Dank!«

Georg musste allerdings feststellen, dass die Tür mit einem dicken Vorhängeschloss gesichert war.

Sie hielt dem Wachmann die flache Hand hin. »Wo ist der Schlüssel? Her damit!«

»Den hab ich nicht, den hat der Boss mitgenommen. Und tut bloß nicht so, als wäre euer David ein Engel. Der Lump hat uns alle übers Ohr gehauen!«

»Na, du kannst uns viel erzählen!«, schimpfte Julius.

»Und wie kriegen wir David jetzt aus der Kate?«, fragte Anne. »Wir müssen uns beeilen.«

»Hiermit!« Julius hatte neben der Tür einen Rucksack entdeckt, aus dem ein Stemmeisen herauslugte. Er griff nach dem Eisen und machte sich daran, die Tür aufzubrechen.

Georg hielt dem Mann den ausgestreckten Zeigefinger unter die Nase. »Das sind doch Einbrecherutensilien da in deinem Rucksack, wie?«

Der Mann schob ihren Finger weg. »Ja und? Was glaubst du denn, was David für einer ist. Der war früher der Kopf unserer Bande. Keiner konnte so geschickt in Häuser einsteigen wie der! Und dann hat er sich bei unserem letzten Bruch mit der Beute auf und davon gemacht und das Geld hier im Moor versteckt. Aber er rückt ja nicht mit der Sprache raus, wo der Zaster ist.«

Jetzt wurde David in der Hütte wild. »Ich hab euch tausendmal gesagt, dass ich das Geld nicht habe, aber ihr wollt das ja nicht kapieren. Ich habe mit den Einbrüchen damals ein für alle Mal Schluss gemacht!«

Julius biss sich an der alten, verklemmten Tür die Zähne aus. So kräftig er sich auch gegen das Eisen stemmte, das Holz gab nicht nach.

»Warte, Julius, ich helfe dir«, sagte Georg, als sie plötzlich von hinten von zwei kräftigen Händen gepackt wurde.

»Nichts da, das könnte dir wohl so passen!«, knurrte eine tiefe, Angst einflößende Stimme, die sie vorhin noch in der Moorklause gehört hatte.

Wo bleibt Richard?

Als Tim sah, dass sein Frauchen in Gefahr war, ließ er sofort von dem Mann auf dem Boden ab und knurrte stattdessen den Ganoven an, der Georg in den Schwitzkasten genommen hatte. Doch Georg gab ihm den Befehl, sich zurückzuhalten.

»Aus, Tim!«, keuchte sie, denn sie hatte Sorge um ihren Hund. »Es hat keinen Sinn.«

Gegen die drei Männer konnten sie nicht ankommen. Der andere Mann aus der Moorklause war aus dem Gebüsch gesprungen und hatte Julius das Stemmeisen aus der Hand geschlagen.

»Du bist echt ein Versager!«, brüllte der Mann, der Georg im Schwitzkasten hatte, den Wachmann an.

Dieser rappelte sich mühsam hoch und wischte sich die Hände an den Hosenbeinen ab.

»Sorry, Boss, aber der Hund …«

»Der Hund«, blaffte der Boss. »Du wirst doch wohl mit so einem harmlosen Köter fertig werden, oder?«

Tim hatte gemerkt, dass von ihm die Rede war, und war kläffend und zähnefletschend aufgesprungen. Mit Genugtuung spürte Georg, wie der Boss heftig zusammenzuckte.

Doch leider hatte er sich schnell wieder gefangen und trat nach Tim.

Georg riss an seinem Arm. »Hören Sie auf! Lassen Sie meinen Hund in Ruhe!«

»Schluss jetzt mit den Kindereien!«, brüllte der Boss und schob Georg vor sich her Richtung Kate. Im Gehen klaubte er einen Schlüsselbund aus der Hosentasche. »Ihr werdet eurem lieben David dadrinnen in dem Festsaal jetzt ein bisschen Gesellschaft leisten. Wir werden euch ordentlich einheizen, dann kann David sich überlegen, ob er uns nicht doch endlich verraten will, wo er das Geld versteckt hat.«

Wieder versicherte David den Männern flehend, er wisse nicht, wo das Geld sei. Doch die drei ließen sich nicht von ihrem Vorhaben abbringen und schoben die Freunde mit roher Gewalt durch die alte Holztür, die sich nur mit Mühe hatte öffnen lassen.

Drinnen war es furchtbar dunkel. Durch den Rauchabzug und die kleine Luke fiel so gut wie kein Tageslicht hinein. Aber was noch schlimmer war, war die Enge. Zwei Personen hätten es sich noch bequem machen können. Doch nun befanden sich vier Personen und ein Hund in dem übel riechenden Loch.

Der Gestank war so stark, dass es Anne beinahe den Atem verschlug. Kaum war die Tür zugeflogen, als sie auch schon von einer panischen Angst ergriffen wurde. Die Enge war schrecklich und Bilder von kriechenden Maden erschienen vor ihrem inneren Auge.

Tim jedoch hatte erkannt, was auf dem Spiel stand. Blitzschnell schlüpfte er noch durch den Spalt, ehe die Tür zuschlug.

Georg klatschte in die Hände. »Ja, Timmi, du bist großartig!«

Draußen brach derweil schon ein Geschimpfe und Gezeter los. »Verdammt, könnt ihr nicht aufpassen? Der Hund ist entwischt!«

Julius spähte durch die winzige Luke. »Pah, die versuchen nicht mal, Tim zu verfolgen. So ist's recht. Das würden sie auch kaum schaffen.«

David ließ sich an der Wand nach unten rutschen und hockte nun wie ein Häufchen Elend auf dem Boden. »Glaubt mir, Kinder, es tut mir so furchtbar leid, dass ihr in die Geschichte mit hineingezogen wurdet. Das Ganze beruht auf einem Missverständnis und auf einer Dummheit, die ich vor Jahren begangen habe.«

Julius ging in die Hocke. »Stimmt es, dass du der Kopf dieser Bande da draußen gewesen bist?«

»Pft!«, machte David und grinste. »Das hätten die wohl gern gehabt, dumm, wie sie sind. Sagen wir mal, ich war derjenige, der gut planen und organisieren konnte. Ich hatte einmal für die Jungs Schmiere gestanden, als sie einen Einbruch begangen haben, das gebe ich zu. Ich war damals in großen Geldnöten.«

David verzog das Gesicht. Es war ihm offensichtlich peinlich zuzugeben, dass er tatsächlich einmal ein Verbrechen begangen hatte.

»Erzähl weiter«, bat Georg.

»Bei dem Einbruch habe ich mitgekriegt, wie dämlich die drei sich angestellt haben«, berichtete David. »Sie wären beinahe erwischt worden. Damals habe ich ihnen erklärt, wie sie meiner Meinung nach so einen Einbruch anpacken sollten. Da meinten sie, ich könnte den nächsten ja planen und anführen, wenn ich meinte, ich wüsste es besser. Ich wollte ihnen beweisen, dass ich das tatsächlich kann, und habe mich auf die Sache eingelassen. Aber kurz vorher habe ich gekniffen.«

Anne hob die Hände. »Und warum glauben die da draußen jetzt, dass du das Geld hier irgendwo versteckt hast? Das verstehe ich nicht.«

David zuckte die Schultern. »Na ja, als ich nicht zum vereinbarten Treffpunkt gekommen bin, haben sie den Bruch ohne mich gemacht. Aber das Geld, das wir erbeuten wollten, war nicht mehr da. Unglücklicherweise sind sie dabei geschnappt worden und ins Gefängnis gewandert.«

»Hm, verstehe«, sagte Georg. »Sie glauben, du wärst vor ihnen da gewesen und hättest dir das Geld unter den Nagel gerissen. Und sie haben dafür die Strafe abgesessen.«

David nickte. »Genau so. Aber sie wollen einfach nicht begreifen, dass ich das Geld nicht gestohlen habe. Ich wollte damit aufhören, bevor es richtig anfing.« Er wies mit dem Daumen über seine Schulter. »Ich sag ja, die drei sind dumm.«

Anne verschränkte die Arme vor der Brust. »Und was haben *wir* damit zu tun?«

David seufzte. »Das ist ja das Blöde. Ihr habt natürlich gar nichts damit zu tun! Es ist purer Zufall, dass ihr mit im Auto gesessen habt. Irgendwie haben die drei rausgekriegt, wo ich jetzt wohne und arbeite und dass ich euch gestern abholen sollte. Ich habe euch ja erzählt, dass ich, schon seit ich losgefahren war, mit dem Wagen Probleme hatte. Geplant war wohl, dass ich schon auf dem Hinweg hier im Moor liegen bleibe, damit sie mich hierher verschleppen können, um eine Antwort aus mir herauszupressen.«

»Eine Antwort, die du ihnen gar nicht geben kannst«, stellte Julius fest.

»Ja, und wie es nun gelaufen ist, mussten sie mich aus dem Gasthof entführen«, erzählte David weiter. »Ich habe es ihnen aber auch zu leicht gemacht. Ich war heute in aller Frühe kurz draußen, um noch einmal nach dem Auto zu sehen. Zack, da hatten sie mich schon erwischt. Zwischendurch war es mir beinahe gelungen zu entkommen, da hinten irgendwo an so einem kleinen See. Das hat ein ganz schönes Gerangel gegeben, sag ich euch, aber an der Hauptstraße haben sie mich wieder gekriegt.«

»Wir haben den ganzen Morgen nach dir gesucht«, erzählte Anne. »Aber es war so schrecklich neblig.«

»Während wir nach dir gesucht haben, müssen die Männer bei Herrn Kruse gewesen sein«, erklärte Georg. »Er sollte zusehen, dass wir beim Gasthof bleiben und nicht mehr in den Wald gehen. Da hat er uns kurzerhand eingesperrt.«

David lachte. »Ich hab ihnen die Sache eben nicht so leicht gemacht, wie sie sich das vorgestellt haben. Da hatten sie wohl Sorge, ihr könntet zu neugierig werden. Ich habe ihnen nämlich von euch erzählt.«

Julius lachte verschmitzt. »Die Sorge ist ja nun auch wirklich nicht unbegründet. Wir haben übrigens deine Kaugummipapierchen gefunden.«

David grinste gequält. »Das hatte ich gehofft.«

»Sie haben ein Druckmittel gegen den Wirt in der Hand«, ergänzte Georg.

»Ich weiß auch, welches«, sagte David. »Sie haben seine Frau abgefangen.«

Anne riss die Augen auf. »Du meinst, die haben auch Frau Kruse als Geisel genommen?«

»Ja, und dann wollten sie *euch* als Geisel herholen, um mich unter Druck zu setzen«, führte David die Geschichte weiter und machte ein betrübtes Gesicht. »Das ist ihnen nun auch gelungen. Ich werde ihnen sagen, ich wüsste, wo das Geld ist, damit sie euch freilassen.«

Anne seufzte innerlich. Nichts wünschte sie sich mehr, als endlich aus diesem dreckigen und stinkenden Loch herauszukommen!

»Kommt gar nicht infrage!«, rief Georg empört. »Außerdem wäre das ganz schön naiv. Die werden uns doch erst freilassen, wenn sie das Geld haben und sicher sein können, dass du nicht gelogen hast. Und da es diese Beute nicht gibt, würden sie uns hier eher verschimmeln lassen.«

Plötzlich hob Julius die Nase schnuppernd in die Luft. »Sagt mal, riecht ihr das auch?«

Anne hielt sich die Nase zu. »Stinkt irgendwie verbrannt.«

Julius warf einen Blick durch die Luke. »Jetzt weiß ich, was der Typ vorhin damit meinte, dass

sie uns einheizen wollen! Die haben tatsächlich ein Feuer gemacht! Die wollen uns ausräuchern!«

David sprang auf die Füße und wäre beinahe an die Decke gestoßen. »Ich sage doch, ich muss so tun, als wüsste ich, wo das Geld ist!«

»Aber sie werden uns trotzdem nicht freilassen!«, antwortete Georg.

»Nein, aber sie werden wenigstens das Feuer wieder ausmachen«, sagte David mit entschlossener Miene. Dann trat er an die Tür und trommelte mit den Fäusten dagegen. »Ihr Halunken. Macht sofort das Feuer aus und lasst wenigstens die Kinder hier raus! Das geht jetzt wirklich zu weit.«

Doch zur Antwort hörten die Eingeschlossenen nur ein höhnisches Lachen. »Wird euch etwa warm dadrinnen? Oder ist die Luft nicht mehr so frisch?«

Anne klammerte sich an den Arm ihres Bruders. »Julius, ich will sofort hier raus!«

David reckte sich, so gut es ging, und brüllte: »Jetzt habe ich die Faxen dicke. He, ihr drei, lasst es gut sein und macht die Tür auf. Ich sag euch ja, wo der Zaster versteckt ist.«

»Na, wer sagt's denn«, knurrte der, den sie Boss nannten, zufrieden. »Späte Einsicht ist besser als gar keine. Okay, David, du kannst rauskommen, aber deine kleinen Freunde bleiben schön drinnen, bis wir die Kohle haben.«

Gespannt warteten die Freunde darauf, dass die Tür geöffnet wurde. Als sie schließlich über den Grund schrappte, fiel grelles Tageslicht ins Innere.

David hielt sich schützend die Hände über die Augen und trat hustend aus der Kate. Der Qualm war hier vor der Tür besonders dicht und stechend.

Plötzlich blieb er verdutzt stehen.

»Was grinst du so blöd?«, keifte der Boss. »Ist dir das Lachen noch nicht vergangen? Mach bloß keine Dummheiten, sonst machen wir das Feuer nicht aus, und deine jungen Freunde dürfen dadrinnen weiter schmoren, während du uns zeigst, wo die Kohle versteckt ist.«

»Das glaube ich kaum«, sagte David grinsend.

Der Boss trat auf ihn zu und drohte ihm mit der Faust. »Was soll das heißen, du Lump?«

David zuckte die Schultern. »Ach, ihr Idioten, dreht euch doch einfach mal um.«

Das taten die drei Ganoven dann auch und sperrten ihre Münder auf, denn aus allen Richtungen traten Polizisten aus dem Gebüsch, und mit ihnen Richard, Tim und Herr Kruse mit seiner Frau!

Lachend saßen die Freunde mit David und den Wirtsleuten um den großen Tisch im Schankraum. In der Mitte stand ein großer Topf mit dampfender Suppe, aus dem sich alle eifrig bedienten. Eine Stärkung konnten sie nach diesem Abenteuer gut brauchen!

Anne schnupperte an ihrem Ärmel, ihre Kleidung roch immer noch nach Rauch, aber sie mochte jetzt nicht vom Tisch aufstehen, um sich umzuziehen. Schließlich war sie froh, dass sie jetzt alle wieder fröhlich beieinandersaßen.

»Ihr könnt euch nicht vorstellen, wie verzweifelt ich war, als ich endlich beim Postamt angekommen war und zu Hause anrufen konnte, nur um festzustellen, dass dort niemand abhob«, berichtete Richard von seinem Part des Abenteuers. »Ich wusste nicht, was ich tun sollte. Aber wie es der Zufall wollte, kam im selben Moment Frau Kruse ins Postamt.«

»Aber woher wusstest du, dass Frau Kruse Frau Kruse ist?«, fragte Anne.

Jetzt musste Frau Kruse lachen. »Das war vielleicht ein Zufall! Ich hatte den ganzen Morgen versucht, telefonisch meinen Mann zu erreichen, aber die Leitung war diesmal nicht nur schlecht, sondern tot. Da ist mir die Geduldsschnur gerissen, und ich bin auf dem Heimweg direkt zum Postamt, um den Leuten da mal ordentlich den Marsch zu blasen. Dass jemand das Kabel durchtrennt hatte, konnte ich ja nicht wissen.«

»Ja, und als Frau Kruse am Schalter ihren Namen sagte, habe ich sie einfach angesprochen und gefragt, ob sie die Frau Kruse von der Moorklause ist«, erzählte Richard weiter. »Dann habe ich ihr erklärt, was passiert ist.«

»Ich habe natürlich nicht lange gefackelt«, sagte die Wirtin. »Richard und ich sind direkt zur Polizei. Bei solchen Ganoven kenne ich keinen Spaß.«

Herr Kruse legte seiner Frau die Hand auf den Arm. »Und ich war in größter Sorge. Die Männer haben mir wirklich weisgemacht, sie hätten dich in ihre Gewalt gebracht.«

Frau Kruse winkte lachend ab. »Papperlapapp! Das hätten die mal versuchen sollen. Die haben geblufft. Die können froh sein, dass ich die nicht überrascht habe, als sie hier waren. Denen hätte ich schon die Hammelbeine lang gezogen! Kinder als Geiseln! So etwas Unverfrorenes.«

David zwinkerte den Freunden aus dem Augenwinkel zu.

»Und jetzt lasst es euch schmecken«, sagte der Wirt. »Langt kräftig zu. Um die Ganoven kümmert sich nun die Polizei.«

Anne verzog besorgt den Mund. »Hoffentlich bekommst du nicht im Nachhinein auch noch Ärger, David.«

David zuckte die Schultern. »Wird schon gut gehen. Ansonsten bin ich selbst schuld.«

In diesem Moment traten die Eltern von Anne, Richard und Julius in das Lokal. Nachdem das Kabel repariert war, hatte Julius sie endlich anrufen können, um ihnen mitzuteilen, wo sie waren. Von ihrem Abenteuer hatte er ihnen nichts erzählt, so hatten sie es besprochen.

Die Mutter klatschte beim Eintreten in die Hände. »Hallo! Na, ihr habt euch aber ein idyllisches Plätzchen zum Warten ausgesucht. Da ist euch doch bestimmt die Zeit nicht lang geworden.«

»Das ist es uns in der Tat nicht, Mutter«, versicherte Julius grinsend.

Die Wirtsleute hatten sich von ihren Stühlen erhoben und kamen um den Tisch herum, um die Eltern zu begrüßen.

»Ich muss mich herzlich bei Ihnen bedanken, dass Sie sich in der Zwischenzeit so gut um unsere

Kinder gekümmert haben«, sagte die Mutter. »Mein Mann wird das Finanzielle mit Ihnen regeln.«

»Oh, ich bitte Sie, das haben wir gern getan«, erwiderte Herr Kruse. Die Kinder sahen ihm an, wie schwer es ihm fiel, nichts zu verraten.

»Bitte nehmen Sie doch Platz und essen eine Kleinigkeit mit uns«, bat Frau Kruse.

Doch die Eltern winkten ab.

»Wir müssen ja zugeben, dass wir uns Sorgen gemacht haben, nachdem ihr bis vorhin noch nicht angerufen hattet«, sagte der Vater. »Wir haben auf euren Anruf gewartet.«

»Aber ich hab doch …«, wollte Richard einwenden, schluckte aber den Rest des Satzes herunter. Das war jetzt alles zu kompliziert zu erklären und er wollte ja auch nichts verraten. Vielleicht hatte er sich vorhin vor lauter Aufregung verwählt?

Herr Kruse war es, der ihm aus der Patsche half. »Wir hatten leider einen Defekt an unserem Telefon, der erst jetzt behoben werden konnte. Es tut mir furchtbar leid.«

Die Mutter hob beschwichtigend die Hände. »Ich bitte Sie. Nun hat ja alles ein gutes Ende genommen, und die Kinder waren bei Ihnen ja gut aufgehoben, wie ich sehe. Und wo wir schon mal hier sind: Kinder, ich würde zu gern einen schönen Spaziergang durch diese herrliche Moorlandschaft machen. Ihr begleitet uns doch sicher, oder?«

Die Kinder hätten sich beinahe an ihrer Suppe verschluckt. Wie sollten sie erklären, dass sie fürs Erste genug hatten von Ausflügen ins Moor?

Jetzt hielt die Mutter die Nase schnüffelnd in die Luft. »Ich glaube, wenn ihr zu Hause seid, dann müsst ihr euch frische Sachen anziehen«, sagte sie lachend. »Ihr habt wohl ein Lagerfeuer gemacht.«

Die Freunde warfen sich vielsagende Blicke zu, doch bevor jemand etwas sagen konnte, sprang Richard plötzlich auf. »Mist, das habe ich fast vergessen! Mutter, ich kann nicht mit. Ich muss noch das Fahrrad zurückbringen, sonst krieg ich meine Uhr nicht wieder. Ich hoffe, es ist noch nicht zu spät.«

Die Mutter zog erstaunt die Augenbrauen hoch. »Warum um Himmels willen hast du deine Uhr gegen ein Fahrrad getauscht? Und was sind das für schlimme Schürfwunden da an deinem Arm und an deinen Händen? Bist du mit dem Fahrrad gestürzt?«

»Glaub mir, Mutter, das ist jetzt zu kompliziert zu erklären«, sagte Richard und war schon verschwunden.

Kopfschüttelnd blickte die Mutter ihrem Sohn nach. »Das soll einer verstehen.«

»Und ich würde lieber hierbleiben und Frau Kruse beim Abräumen und Spülen helfen«, sagte Anne. Sie hatte wirklich die Nase voll und wollte eigentlich am liebsten direkt heim.

Georg und Julius nickten sich zu.

»Wir gehen gern mit euch ein Stückchen«, sagte Georg. »Tim freut sich immer über Auslauf. Wir können euch auch ein paar schöne Plätzchen im Moor zeigen. Zum Beispiel gibt es einen kleinen See und alte Torfstecherkaten. Sehr interessant und fantasieanregend, sage ich euch.«

LESEPROBE

Enid Blyton™

Fünf Freunde

und das Gruselschloss

Die Freunde warteten bis zur nächsten Nacht. Alles war still im Schloss. Nur ein Käuzchen, das in dem alten Gebälk wohnte, schickte seine Klagerufe durch den Schlosshof. Der Mond leuchtete gelb am tintenblauen Himmel und warf sein fahles Licht durch die großen Fenster, sodass ein bizarres Spiel von Licht und Schatten auf den alten Dielenböden entstand.

Die Freunde hatten sich tagsüber gut vorbereitet und allerlei Dinge zusammengetragen, denn sie wollten Großonkel Edward einen gehörigen Schrecken einjagen. Was lag da näher, als in dem alten Schloss waschechte Gespenster ihr Unwesen treiben zu lassen? Und die Gespenster sollten natürlich Anne, Georg, Julius und Richard heißen.

Anne hatte in der Eichentruhe auf dem oberen Flur alte Bettlaken aus Leinen gefunden, doch sie scheute sich, Löcher für die Augen hineinzuschneiden. Dazu waren die Tücher einfach zu edel und zu schade und es könnte eine Menge Ärger deswegen geben.

Doch Richard hatte die richtige Spürnase gehabt. In einer Kommode lagen alte Gardinen aus Spitze. »Durch die kann man so hindurchgucken«, hatte er erklärt. »Da brauchen wir keine Löcher hineinzuschneiden.«

Julius hatte in einem Wirtschaftsraum hinter der Küche einige Ketten aufgetrieben, mit denen man rasseln konnte, und Georg hatte mehrere Kerzenleuchter herbeigeschleppt. Alle Utensilien hatten sie im Zimmer der Jungen gelagert, wo sie sich nun gegen Mitternacht trafen, um mit ihrem Schauspiel zu beginnen.

Georg zog sich eine der Gardinen über den Kopf. Sie reichte bis zum Fußboden. »Puh! Besonders frisch riecht die aber nicht!«

»Echte Gespenster steckt man ja auch nicht in die Waschmaschine«, feixte Julius. »Die riechen bestimmt ähnlich.«

»Ich hoffe nur, dass ich nicht niesen muss«, erwiderte Georg. »Das würde mich ja sofort entlarven. Wo gibt es denn so was, niesende Gespenster!«

Als sie sich alle vier mit den Gardinen behängt und mit Ketten oder Kerzenleuchtern ausgestattet hatten, berieten sie, wie sie am besten vorgingen.

»Großonkel Edwards Privaträume sind direkt unter uns«, mahnte Julius. »Also versucht, möglichst wenig Geräusche beim Laufen zu machen.«

»Leichter gesagt als getan«, sagte Richard und betrachtete skeptisch die alten Holzdielen.

Julius zuckte die Schultern. »Versucht es halt. Und passt bloß auf mit den Kerzenleuchtern«, wandte er sich an Georg und Richard, die diese in der Hand hielten. »Nicht, dass ihr noch Feuer fangt.«

»Die Kerzen zünden wir erst an, wenn wir an Ort und Stelle sind«, versprach Georg. »Wir sind vorsichtig.«

»Am besten gehen wir jetzt runter und verteilen uns«, schlug Julius vor. »Ich werde von außen an seinen Fensterläden rappeln.«

»Und wenn er dann aus seinem Zimmer kommt, um nach dem Rechten zu sehen, wird er gerade noch erkennen können, wie Georg und ich über den Flur schweben und in der Halle verschwinden«, flüsterte Anne.

»Aber wir werden sofort verduften«, wisperte Georg. »Richard dagegen wird kurz oben auf der Galerie in Erscheinung treten.«

Richard hielt die Hand hin. »Das richtige Timing ist gefragt. Also, gebt gut acht.«

Die anderen schlugen ein.

»Tim, du musst jetzt leider hierbleiben und warten, bis wir zurückkommen.« Georg streichelte ihrem Hund über den Kopf. Der wusste schon, was sie jetzt von ihm erwartete, und trottete mit hängendem Kopf zum Bettvorleger, wo er sich brummend niederließ.

»Na, na, alter Knabe«, sagte Georg. »So schlimm ist das doch nun auch nicht.«

Obwohl sie selbst ein Gespenst spielte, musste Anne zugeben, dass sie es ziemlich gruselig fand, über die dunklen Flure des Schlosses zu huschen. Das Holz in dem alten Gebäude arbeitete, ständig war irgendwoher leises Knacken zu hören.

Erschrocken fuhr Anne zusammen, als etwas ihre Schulter streifte. Doch es war nur ein Vorhang, der sich im Wind bewegte.

Sie fasste Georg, die einen Schritt vor ihr lief, am Arm. »Da hockt was, Georg!«, flüsterte Anne. »Dort in der Ecke. Siehst du?«

Georg kicherte leise. »Anne, mach doch die Augen richtig auf, das ist doch nur die Lampe mit dem ulkigen Lampenschirm.«

Natürlich, Georg hatte recht. Über die Stehlampe mit dem dunkelroten Lampenschirm hatten sie sich doch schon lustig gemacht, weil sie so kitschige Rüschen und Troddeln hatte. Anne schämte sich ein bisschen dafür, dass sie so ängstlich war.

Schließlich hatten Anne und Georg den unteren Flur erreicht, in dem der Großonkel seine Privaträume hatte. Richard hatten sie oben an der Treppe zurückgelassen. Zum Zeichen, dass er auf seiner Position war, hob er den Daumen.

Die Mädchen versteckten sich hinter einem großen Eichenschrank, während Julius nun durch die Hintertür hinaus auf den Schlosshof huschte. Der Spuk konnte beginnen!